「リッチだぁ！
ムクロが出たっ、
みんな逃げろ！」

厳つい顔をした武人の男が、
髑髏マスクを着けた俺を見ると、
顔を青くして逃げていく。
最近、俺は通称ムクロと
呼ばれるようになった。
何故かと言うと、
ゴブリンたちの死体（骸）の山の上で
佇んでいるのをよく目撃される
という理由からだ。

「ロキシー様、そろそろ放してもらえますか？」

「えっ、もうですか？」

またしても《読心》スキルが働いてしまい、ロキシー様の心の声が流れ込んでくる。

（……残念ですね。では最後に、よしよしっと）

えっ!? なんか、頭を撫でられちゃっている。

暴食のベルセルク
～俺だけレベルという概念を突破して最強～
①

著：一色一凛
イラスト：fame

GCN文庫

Contents

Berserk of Gluttony
1
Story by Ichika Isshiki
Illustration by fame

第1話　持たざる者

この世界にはレベルという概念が存在する。

生きとし生ける物が、レベル1から始まり、経験値(スフィア)を得ることでレベルアップできる。

経験値(スフィア)はこの世界に跋扈(ばっこ)する魔物を倒すことで得られる。しかし、魔物は大変危険で誰もがおいそれと倒せるものではない。

倒せるのは、武人と呼ばれる強力な攻撃スキルを持つ者だけ。

スキルは生まれた時に、神様から授かる特別な力(ギフト)だ。誰もが一つ以上持っていて、その力を有効に使って生きている。だから、強力なスキルを持つ人は神様に選ばれし者なのだ。

死んだ父親から、そう教わった。

そして、俺が持っているスキルは暴食。絶えまなく空腹感が襲ってくるだけという困ったスキルだ。生まれ育った村では穀潰しといわれて、よくいじめられた。

俺はこの世界で不要な人間――持たざる者だ。

この使えないスキルのお陰で、唯一の肉親である父親が病死した折に、後ろ盾を失った俺は村から追い出された。流れ着いた先は王都セイファート。これほどの大きな都なら、自分でもなにかできることがあるはずだと当初の俺は、希望に胸を膨らませたものだ。

しかし、まともな就職先は見つからず、日雇いバイトであるお城の門番をしている。

雨の日も風の日も雪の日も、門の前から動くことができないとてもきつい仕事だ。それに比べてお給金はとても少ない。

本来なら俺のような平民ではなく、お城に仕える聖騎士様たちがやるべき仕事だ。

しかし、いわゆる３Ｋと呼ばれる「きつい」「汚い」「危険」の三拍子が揃(そろ)っているため、上流階級の彼らは自分の身代わりとして日雇いバイトを使っている。

「おいっ、今日も俺らの代わりにしっかりと門番をしているか」

綺羅(きら)びやかな鎧(よろい)に包まれた若い聖騎士様たちがニヤつきながら声をかけてくる。俺の雇い主だ。王国では五本の指に入る名家ブレリックの三兄妹。

俺に偉そうに話しかけてきたのが、長男のラーファル。その右横にいる背の高い男が次男のハド。彼らの後ろにいるのが末の妹、メミルだ。

兄妹だけあって三人共、髪は冷たさを感じさせる紫色をしている。そして、三人揃って優秀な聖騎士様だ。

聖騎士とは、武人の中でも特に秀でた聖属性スキルを扱える者。かつ王国が絶大な地位を認めた者に与えられる名誉ある称号だ。

この世界は強力なスキルほどレベルアップ時に、ステータスの伸びが良くなる。だから、聖属性スキル持ちで、魔物と戦ってレベルアップできる聖騎士は、俺のような人間とは別次元の存在だ。

もし、彼らを怒らせでもしたら何をされるか、わかったものではない。

「はい、ラーファル・ブレリック様」

俺は跪いて、頭を垂れる。たとえそれが、ムカつく糞野郎でもだ。

「ほら、今日の分のお給金だ」

ラーファルは俺の足元に銅貨を数枚投げつける。

他の二人もそれを蔑むように笑みをこぼしていた。

「さあ、拾え。さっさと拾わぬと今日の分が減ってしまうぞ」

いわれなくとも、生きていくために大事なお金だ。俺はせっせと拾う。

そして、最後の一枚を拾おうとした時、ラーファルによって手を踏まれた。

「おっとすまんな。そんなところに手があったのか。汚くて目に入らなかった」

高らかに笑いながら、俺の手を踏みにじる。明らかにわざとだ。

「忘れるな、お前のような使い道のないクズを雇ってやっているのは俺たちだ。代わりなどいくらでもいるのだ。それを理解しているのか？　お前のような低能では難しいのか？」

「そうだ。最近たるんでいるぞ。お前は僕たちの代わりに名誉ある仕事をしているんだ。本来なら無給でもいいのに、僕たちの慈悲によってお金を貰（もら）えていることをありがたく思え。もっと大事そうに拾わないかっ！」

「お兄様たちのいうとおりだわ。お前が失態をおかせば、私らに迷惑がかかるのよ。打ち首だけではすまないわよ」

　これはラーファルたちが俺にする教育的指導だ。自分が置かれている立場をしっかりと叩き込もうとしているのだ。俺がどれだけ矮小（わいしょう）な生き物なのか、それを誰が生かしてやっているのか、骨の髄まで教え込もうとしている。

　素直に頷（うなず）かなければ、最後の一枚は拾わせてもらえないというわけだ。もし反抗的な態度を取れば、今日限りで門番をクビにされてしまう。さらに、反逆と見なされて殺されるかもしれない。

　くそっ。逃げ場のない奴隷と化したやり取りは、すでに五年という月日が過ぎても続いている。たとえ、門番を辞めようとも、きっとラーファルたちは怒り狂って、いわれのない濡れ衣を俺に着せてくるだろう。そういうやつらだ。

　五年という歳月をかけて熟成しきった、行き場のない苛立ちが沸き上がってくる。なぜ従わなければならないのかという怒りと、それを聞くしかない無力な自分に対しての憤りだ。そして、こんな時に限って暴食スキルが目を覚まして、腹の虫を大きく鳴らす。

　ラーファルは俺が飯もろくに食えていないと思ったらしく、険しい顔で叱責を始める。

「情けないやつだ。それでは門番が務まらないだろうがっ。俺たちがお前に飯も食わせていないようではないかっ！　ブレリック家に恥をかかせる気かっ！」

　跪く俺の腹を蹴り上げる。手加減をしているのだろうが、俺のステータスとは天と地ほどの差がある聖騎士の蹴りだ。

　内臓が口からすべて飛び出してしまうんじゃないかというくらいの衝撃が俺を襲う。嘔吐を繰り返しながら、息もできずに地面をのたうち回った。

「何あれ、まるで蛆虫だわ。臭いし、穢らわしい」

　意識が朦朧とする中で、メミルらしき女の声が耳に届く。

「おいっ、早く立て。お前が門番をしていないと、俺たちが他の聖騎士に非難されるだろがっ！」

　ラーファルが未だ地面に転がっている俺の顔を踏みつける。

ないのだ。
「早く立たんかっ！」
立てるわけがない。その強靭な足を退けてくれない限り、圧倒的な力の差で立ち上がれ
もちろん、ラーファルはそれをわかっていてやっている。自分の足の下でジタバタもが
く俺を見て、楽しんでいるのだ。
一段と足に力を込められて、頭が割れそうなくらいの激痛が走る。
もう死ぬんじゃないかと思ったその時、凛とした声に俺は救われた。
「ラーファル、やめなさい。彼が死んでしまいます。守るべき民に、そのような行いをす
るとは、聖騎士としてあるまじき行為です」
「チッ。……今日の交代はロキシー・ハートだったのか」
俺を助けたのは、聖騎士としては珍しい、弱きを助け強きを挫くという思想を持ったロ
キシー・ハート様だった。なびかせた黄金色の髪が彼女の勇ましさによく似合っている。
ハート家も五大名家の一つで、正義を重んじる家柄だ。
ゆえに民衆に慕われており、もちろん俺も彼女のファンである。
ロキシー様が睨みを利かすと、ラーファルたちは悪態をつきながらも逃げるように立ち
去っていった。その時、ラーファルがロキシー様を見て、不敵に笑っていた。

あの顔はよく知っている。執念深いラーファルのことだ。もしかしたら恥をかかされた恨みで、ロキシー様に仕返しを考えているのかもしれない。

彼女はそんなことは気にも留めずに、俺の手を取って立ち上がらせる。そして、額から流れた血をハンカチで拭き取ってくれた。

「大丈夫ですか？」

「はい、いつものことですから。助けてもらって本当にありがとうございます、ロキシー様」

「いえいえ、同じ門番仲間ですもの。これくらいは当然です。さあ、交代しましょう」

俺は深々と頭を下げて、王家の紋章が刺繍（ししゅう）された旗付きの槍（やり）をロキシー様に渡す。

この槍が門番としての証なのだ。彼女は他の聖騎士たちとは違い、きちんと門番の役目をこなしている立派な人だ。

そんなロキシー様が心配そうに俺の手を取った。

「また、あのようなことをされたら、私に――」

「いいえ、ロキシー様の手を煩わすわけにはいきません。俺は大丈夫なので、これで失礼します」

「あっ」

ロキシー様はまだ何かを言いたそうだったが、俺はその場から逃げ出した。

これ以上、彼女にブレリック家と関わってほしくなかったからだ。あいつらの性格からして、どんな汚い手を使ってくるかわからない。

もし、彼女が俺のような仕打ちを受けてしまったらと考えただけで、これ以上ない絶望が込み上げてくる。ロキシー様には、迷うことなく我が道を行ってほしい。それが間違いなく王国の民衆のためになる。

俺は憂さ晴らしのため、行きつけの酒場へ向かう。店に入った時には月が天高く昇りきっていた。

深夜からが酒場のかきいれ時だ。商人や娼婦、旅人などが席に座り、酒を飲んでは顔を赤くしている。

俺がほぼ指定席になっているカウンターに座ると、何も言わなくても赤ワインが置かれる。

この店で一番安いワインだ。ひたすら酸味が強いだけで美味しくはない。これは酔って気を紛らわせるためだけのものだ。

「マスター、パンとスープ」

「はいよ」

焼き置きしてかなり時間がたった硬い黒パン。他の料理で使った野菜クズを煮た味気のないスープ。これが俺の夕飯だ。肉はかれこれ五年以上は食べていない。最後に食べたのは、干し肉の小さな切れ端だ。

もう、どのような味だったかは忘れてしまった。

俺は暴食スキルのせいで常に空腹感が襲ってくるが、それを満たすだけのお金を持っていない。だから、目の前にある食事をゆっくりと口に入れて、少しでも空腹を紛らわすしかないのだ。

ちびちびとワインを飲みながら、黒パンを食べていると、酒場の店主が話しかけてきた。

「どうだい、門番の仕事の方は？」

「きついですね」

「そうか……君が前任者のようにならないことを祈っているよ」

俺は返事もしなかった。ブレリック家に雇われていた前任者は、過労死したそうだ。

執拗(しつよう)ないびりと過酷な労働時間に、ステータスの恩恵がほとんど無い俺と同じだった前任者は、次第にやせ細っていき、糸が切れるように倒れ込んで死んでしまったという。

そして、警備中に死んでしまった彼を、ブレリック家の者が使えない奴だと踏みつけていたのを、酒場の店主が目撃した。

今でもその時の悲惨な光景が目に焼き付いて、忘れることができないという。

俺はどうなるのだろうか……。もし、今日ラーファルたちに暴行を受けている時に、ロキシー様が助けてくれなかったら、きっとその人と同じ運命を辿(たど)っていたかもしれない。

今回は生き延びた。だが、このままだと……そう遠くない未来に俺も死んでしまうだろう。

第2話　蠢く暴食スキル

一杯のワインで、ほろ酔い気分になった俺は、ボロ家に帰る前にロキシー様の様子を見に行くことにした。ラーファルたちとの一件で、彼女がどうしても心配になってしまったからだ。

いくら陰険なラーファルでも、すぐさま嫌がらせをしてくるとは思えない。だけど、去り際に見せた不敵な笑み、それが脳裏から離れなかった。

もし何かが起こっても、虫けらの俺は彼女の力になれないかもしれないが、肉壁くらいはできるはずだ。

月明かりの中、お城の門が見えるところへ。彼女は毅然として門番の仕事をこなしていた。

俺はほっと胸をなでおろす。どうやら、とり越し苦労だったようだ。なら、せめて仕事をこなす彼女に、「ロキシー様、頑張ってください」と心の中で応援する。

そして、その場を後にしようとした時、東側の壁をよじ登って乗り越えていく人影たちを発見した。

ロキシー様や他の巡回警備たちからは死角だが、たまたま俺がいる場所から見えたのだ。きっと盗賊だ。こんな夜更けに壁を登って、お城の中へ侵入する連中は盗賊しか思い当たらない。俺は慌てて、門番をしているロキシー様に駆け寄る。

「ロキシー様、大変です！」

「どうしたのですか？　家に帰ったはずでは……」

「酔い覚ましに散歩をしていたら、お城へ忍び込む輩(やから)を見つけたんです。向こうの東壁を乗り越えて侵入していきました」

「本当ですか⁉」

「間違いありません。この目でちゃんと見ました」

いきなりそんなことを言って信じてもらえるか、不安だった。しかし、ロキシー様は俺の目を見つめた後、

「信じましょう。私はその場所へ向かいますので、その間ここを守ってもらえますか？」

そう口にした。

「はい、もちろんです」

ロキシー様から、王国の紋章が刺繍された旗付きの槍を受け取る。

「ご武運を、ロキシー様」

「任せてください。これでも腕には自信がありますから」

白銀の帯剣を引き抜くと、彼女は俺が教えた方向へ走っていく。速い……やはり聖騎士だ。

あっという間に姿は闇の中へ消えてしまった。

そして、聞こえてきたのは男たちの悲鳴。ロキシー様が次々と盗賊を斬り伏せているのが容易に想像できる。

男たちの悲鳴の数からすると、盗賊はかなり多い。二、三人ではないのは確かだ。

しかし、ロキシー様は聖騎士だ。盗賊程度で遅れを取るはずはない。案の定、喧騒は静まっていく。

終わったかとホッとしていると、暗闇から一人の体格の良い壮年の男がこっちに駆けてくるではないか。

きっとロキシー様が仕留め損なった盗賊だ。近づいてくると、次第に彼の姿が月の光に照らされてはっきりと見えてくる。

これは……。俺は息を呑んだ。

右腕はバッサリと切り落とされており、それを左手で必死に止血しながら、俺がいる出口へと走ってくるのだ。

顔色は青く、きっと大量の出血で極度の貧血を起こしかけているのだろう。

俺は槍を構える。逃がすわけにはいかない。たとえ、相手が死にそうな人間でも、倒すべき盗賊だ。

ロキシー様の代わりに門番をやっている以上、逃がせば彼女に迷惑がかかる。必ず、仕留めないといけない。

敵は手負い。力のない俺でも倒せるはずだ。そう意気込んで、盗賊に槍を力一杯突き込む。

槍は運良く盗賊の心臓を貫いていた。

盗賊は槍を掴んで俺を激しく睨んだ後、大量の血を吹いて仰向けに倒れ込んだ。

しばらくは手足を痙攣させていたが、やがて全く動かなくなってしまった。盗賊は間違いなく、死んだ。

「やった、倒したぞ………えっ⁉」

その時、何かが俺の体に流れ込んでくるのを感じた。続けて、頭の中で無機質な声が聞こえてくる。

《暴食スキルが発動します》

《ステータスに体力+120、筋力+150、魔力+100、精神+100、敏捷+130が加算されます》

《スキルに鑑定、読心が追加されます》

ステータスに加算？　スキルに追加？　この声はなんだ？　どういうことだ？

そして生まれて初めて感じる満腹感。あれほど、食べても食べても満たされなかった空腹。今は、とても充足した最高の気分だ。

得体の知れない高揚感に浸っていると、ロキシー様が慌てて駆け寄ってきた。

「大丈夫ですか？　怪我はありませんか？」

そう言いながら、俺の手を取って怪我はないかと確かめだす。

(心配……なんだか顔色が悪いし……あぁ心配だわ)

なんだ？　ロキシー様の声が頭の中に直接聞こえてくる。彼女は喋っていないのに、なぜか声が流れ込んでくるのだ。

「どうしたのですか？」

「……いえ、なんでもないです。怪我はありません」

（本当！　よかった……本当によかった）

俺の無事に、ほっと安堵（あんど）する声がまた聞こえてきた。

これって、もしかしてロキシー様の心の声か？　そして、彼女の手が俺から離れると、全く聞こえなくなってしまった。

不思議なこともあるものだ。戦いの緊張によって、幻聴を聞いてしまったのかもしれない。もう一度、確かめようにも相手は聖騎士様、おいそれとロキシー様に触ることなど許されない。

お城に忍び込んだ盗賊は、全部で十人だった。それをロキシー様一人が相手をしたのだから、聖騎士はやはり強いと思う。俺もおこぼれで一人倒した。それも彼女が瀕死（ひんし）一歩手前まで追い詰めていたから、可能だったわけだ。

だから、今回の手柄はすべてロキシー様のものだろう。

「ロキシー様、今回の件はすべてロキシー様の手柄にしておいてください」

「それは困ります。あなたも一人倒したではないですか」

俺にはもう一つの事情がある。雇い主のラーファルたちだ。

このことが彼らの耳に入れば、他の聖騎士に手を貸すなどもってのほかだと怒り狂って、何をされるか、わかったものではない。さらに、ラーファルはロキシー様をよく思っていないので、尚更叱責されるだろう。

「ラーファル様の耳に入ると、俺の立場がとんでもないことになるので……」

「ああ……そうですね。わかりました。今回の件はあなたの言うとおりに処理します」

「ありがとうございます」

「礼を言うのは、私の方です。あなたが教えてくれなかったら、私の失態になっていました」

人生の勝ち組である聖騎士のあいだでも、出世争いは過酷なようだ。最底辺の俺にはその苦労は知る由もない。

「でしたら、お礼をさせてください」

「いえいえ、聖騎士様にそのようなことは……」

ひたすら頭を下げる俺がお気に召さないようで、彼女は頬を膨らませる。いつもはこのような顔をしないので、びっくりしてしまう。すこしだけ、ロキシー様が身近に感じられた。

「そうですね……そうだ」

なんだか、わざとらしい仕草で両手を叩いてみせるロキシー様。

お礼をもらうはずなのに、俺の方は何をされてしまうのかと、ドキドキだ。

　そして、彼女の口からとんでもない発言が。

「ハート家に就職してみませんか？　今回の件を父上に話せば、きっと認めてもらえます」

「えっ⁉　ですが、俺は無能スキル持ちなので……分不相応です」

「そんなことはありません！　現に盗賊を一人倒してみせたではないですか」

　あれは本当に運がいいだけだった。次も同じことをやれと言われても、絶対に無理だ。

「やはり俺には……」

　煮え切らない俺に業を煮やした彼女は、トドメの一言をいってのける。

「ブレリック家について、気にする必要はありません。それとも、あなたは一生、ブレリック家のもとで働く気ですか？」

「うっ」

　俺が危惧していたブレリック家による嫌がらせはお見通しだった。それがあっても俺を採用したいと言ってくれているのだ。涙が出そうになる。

　あの性格最悪なラーファルたちに、こき使われて過労死する未来。

　かたや、優しく麗しきロキシー様のもとで働けるバラ色の人生。

　考えるまでもなかった。元々、俺はロキシーファンなのだ。

願ったり叶ったりじゃないか。

「ぜひ、お願いします。ロキシー様！」

「よろしい。今日は遅いので、もう帰りなさい。明後日の正午にハート家の屋敷に来てください。待ってますよ」

俺は飛び跳ねるほどの喜びを押し込めつつ、ロキシー様へ何度も頭を下げながら、その場を後にした。

そして、お城の門が見えなくなったところで、飛び上がってガッツポーズをきめる。

俺にも、やっと運が向いてきたんだ。なんだか、体がいつにも増して軽いし、いい事ずくめだ。

明後日に備えて、ボロ家に急いで帰ろう。

第3話　スキル考察

家に帰った俺は、ボロ布を井戸でくんできた水に濡らして、体を拭く。

明後日にはロキシー様が住まう屋敷へ行くのか……。これで少しはきれいになっただろうか。ロウソクに火をつけて、割れた鏡で見てみる。

大して変わってないか。着ている服も継ぎ接ぎだらけ、今更身なりを気にしても仕方ない。

あきらめて、藁で作ったベッドに寝転ぶ。雨漏りの跡が染み付いた天井を眺めながら、今日の出来事を思い返す。

日中はラーファルたちに酷い暴行を受けた。しかし、深夜にはロキシー様と共に盗賊たちを倒したことで、ハート家で働けるかもしれないのだ。それだけで夢のような話だ。

ふと、盗賊を殺したときに聞こえてきた無機質な声を思い出す。

たしか、ステータスに加算されたとか言っていたような。

追加されたというスキルはたしか鑑定と読心だったはずだ。鑑定とは珍しいスキルで、この世界に存在する物の情報を調べることができる。

このスキルを持っていれば、俺の人生はもっと良いものに変わっていただろう。

俺は何気なしに《鑑定》を念じてみた。すると、

フェイト・グラファイト　Ｌｖ１
体　力：１２１
筋　力：１５１
魔　力：１０１
精　神：１０１
敏　捷：１３１
スキル：暴食、鑑定、読心

俺のステータスとスキルが頭に浮かび上がってきた。

「えええっ！　どういうことだ！」

落ち着け、俺。

まずはステータスを見る。俺のステータスは元々、きれいに揃ったオール1だったはずだ。

それが、すべて三桁になっている。これなら最下級の魔物となら戦える強さだ。

次にスキル。俺が持っていたのは暴食のみ。だが、今は鑑定、読心が増えている。信じられない……。

しかし、このステータスとスキルが見られている以上、俺が鑑定スキルを持っていることは証明されている。

おいおい、このスキルがあれば、門番なんかやめて鑑定士に転職可能だぞ。鑑定士は、誰でもなれる職業ではないので稼ぎもいい。ああ、一体どうなっているんだ。

落ち着け、俺。

《鑑定》を使って、他のスキルも調べてみる。

　読心：接触した対象の心を読む。

俺は読心スキルに心当たりがあった。ロキシー様に手を握られた時、彼女の声が聞こえてきたのは、このスキルが発動していたからだろう。

いろいろ考えてみた結果、ある答えにたどり着いた。というか、盗賊を殺した時に無機質な声が答えを言っていた。暴食スキルが発動します、と。

この現象を引き起こしたのは、俺がずっと使えないスキルだと思っていた暴食スキルなのだ。

《鑑定》を使って、改めて暴食スキルを調べてみる。

暴食：腹が減る。

うん、わかってた。これは故郷の村に訪れた鑑定士に見てもらった内容と同じだ。つまり、このスキルは鑑定で見ることのできない隠された力があったのだ。

それは、殺した対象の魂を喰らい、ステータスとスキルを奪う力だ。副産物として、空いていた腹が膨れるのだ。

これは使いようによってはどんどん強くなれるスキルだ。だからといって、人殺しをするわけにはいかない。なら、どうするか。

簡単なことだ。王都セイファートの外にはたくさんの魔物が跋扈している。そいつらを倒して、力を奪えばいいのだ。

　このステータスならば、弱い魔物であれば倒すことができる。俺も武人としてのスタートが切れるはずだ。

　そしていつの日か、聖騎士よりも強くなる。ブレリック家のラーファルたちを見返してやるのだ。

　そう思うと、今からでも魔物狩りに行きたい気持ちに駆られてしまう。

　だけど暗闇の中で、狩りは危険すぎる。しっかりと寝て、明日の朝に出かけよう。

　実はラーファルたちの身代わりに朝から門番をやらなければいけないのだが、無視してやる。もう、あいつらの命令を聞かなくても良いのだ。

　俺には新たな雇用主となるロキシー様がいる。明後日の正午に彼女の父親と面接をしてうまくいけば、そのまま採用だ。きっと、まともな生活が待っているはず。

　とりあえず、明日は装備を整えて狩りに集中しよう。そして俺は強くなってやる。

　では、おやすみ！　目を閉じると、すぐに意識は薄れていった。

＊

　鳴く鳥の声で目を覚ました俺は、割れた鏡で寝癖を直したり、木の枝で歯を磨いたりして、身支度を整える。

そして、ひび割れた壁の隙間に隠しておいた小さな革袋を取り出す。これは俺が五年をかけてコツコツと貯めた全財産の銀貨2枚。銅貨100枚が銀貨1枚と同じ価値だ。ちなみに俺が手にしたことのない金貨1枚は銀貨100枚で交換してもらえる。

たったの銀貨2枚と他の者は笑うだろうが、俺はこれを貯めるために血の滲むような苦労を重ねてきた。このお金は元々ラーファルたちに殺されそうになった時のために、逃走資金として貯めていたものだ。

今はひとまず、その心配はなくなった。なので、これは魔物と戦うための装備を買う資金に使う。

いざ行かん。俺は銀貨2枚を握りしめて、ボロ家を飛び出した。

王都セイファートは四つの区画で構成されている。お城を中心にして、東西南北にそれぞれの区が線引きされている。

・聖騎士区（東）：この国の上流階級である聖騎士様が住んでいる。
・住宅区（西）：俺のような平民が住んでいる。
・商業区（南）：武具や生活用品、食べ物など沢山の店が所狭しと商売している。

・軍事区（北）：聖騎士の訓練場や、専用の武具を開発している。

区割りからも、聖騎士がどれだけ優遇されているのかがわかるだろう。

俺がこれから行くのは、王都の中でも一番活気に満ち溢れた場所、商業区だ。

人混みをかき分けながら住宅区を過ぎて、赤レンガ造りの建物が並ぶ商業区に入る。

そして、裏通りへ。そこでは、露店が通りの向こう側まで並びあって、道行く人々に威勢の良い声をかけていた。

ここは商業区の中でも一風変わっている。

なぜこの場所に来たかというと、俺の軍資金はたったの銀貨2枚。これでは使い古された武器を買うのが精一杯。

あと、店舗で商売している高級武具店には、この身なりでは入れてすらもらえない。

ゆえに、いらなくなった物が集まる蚤（のみ）の市にやってきたのだ。

中古の武器を扱っている露天を探していく。すると、優しそうな中年太りの男性が声をかけてきた。ニコニコした顔でとても愛想が良い。

「お客さん、もしかして武器をお探しかな？」

「よくわかりましたね」

「長年この商売をやっていますから。向こうから来た君が武器だけ見て、他の物には目もくれていませんでしたからね」

よく見ている男だ。これが商売人ってやつか。

そのしたたかさに少々驚いてしまう。

「どうですか？　見ていかれますか？」

並べられた武具の多さ。今まで見てきた中で一番の品揃えだ。

これなら俺にあった武器があるかもしれない。店主の言葉に無言で頷く。

「では、予算の方はいくらですか？」

そして、俺から手持ちのお金を聞いた店主はみるみるうちに態度を豹変させる。

優しかった面影は微塵もない。あるのは、ラーファルたちのような人を見下した目だ。

「チッ、やっぱり貧乏人か。愛想良くして損したわい。ほらっ、銀貨2枚で買えるのは、そこの隅にまとめておいてあるクズ武器だけだ。お前にはお似合いだろうさ」

まともな武器を買うお金がないのは、わかりきったことだ。ここで腹を立てて、他の露店に行っても同じ目に遭うだけだろう。なら、クズ武器でも品数豊富なここで買ったほうが、まだ選択肢があるだけましだ。

《鑑定》スキルを使いながら、古びた武器を手にとって見ていく。どれも、耐久強度が限界にきており、数回使ったら壊れてしまいそうだ。

落胆まじりに物色して、たまたま古ぼけた黒剣を手にした時、ふいに頭の中に声が流れ込んできた。

（俺様を買え。決して損はさせない）

《読心》スキルによって聞こえてきたのは、少しかすれた男の声だった。

第4話　強欲なる黒剣

「うわっ、剣が喋った！」

俺は黒剣がいきなり喋るものだから、驚いてそれを地面に落としてしまった。

他の客と交渉中の店主が目を細めて睨んでくる。

何をやっている、買わないならさっさと出て行けとでも言いたそうだ。

それどころではない。

なんなんだ、これは……。喋る——心を持つ剣なんて聞いたことがない。

喋るといっても、読心スキルを介してだが、間違いなくこの黒剣は人と同じように意思を持っている。

とりあえず、《鑑定》スキルで調べてみる。

グリード　形状：片手剣

あれ？　これだけ？

他の武器なら、耐久や攻撃力の情報があるはずなのに、この黒剣は名前と形状しかわからない。

謎に満ちた黒剣を俺は見つめた。油埃(あぶらぼこり)を被って、薄汚れている。まるで俺みたいだ。

ゴミ屑(くず)のように扱われているところなんて、特に。

そう思ってしまうと、親近感からなんだか惹(ひ)かれるものがある。

たしか、さっき聞こえてきた声は「俺様を買え……」、だったか。

偉そうな口ぶりだけど、悪意はなかったように感じる。

触っただけで何かされるなら、さっきの時にやられているはずだ。

なら、もう一度くらい触ったとしても、問題ないはず。俺は意を決して、黒剣を握る。

すると、声は先程より鮮明に聞こえてきた。

『逃げ出すと思ったが、これはなかなか面白いやつだ。さあ、どうする？　俺様を買うのか？』

俺は他のボロ武器を見回す。どうやらまともに使えそうなのは、グリードとかいう黒剣だけのようだ。おしゃべり機能付きの剣と思えば、なんとかなるだろう。

「お前を買うよ。それに、お前と俺は似ているような気がするし」

『そうか……なら、あそこにいるデブに金を払ってくれ。あのクズ野郎の顔を見ていると吐き気がする』

グリードを持って、店主がいるカウンターにいき、銀貨2枚を置いた。

店主はまだお客と話し中で、代金を横目で確認すると、犬猫を手で追い払うように露店から出ていけと促す。

最後まで感じの悪い店主だ。言われるまでもなく、俺は露店から出ていく。二度と来てやるかっ！

俺は購入したグリードを綺麗にしてやろうと、ポケットからボロ布を取り出して拭いてやった。しかし、頑固な油埃で取れやしない。石鹸（せっけん）があれば取れそうなのだが……それを買うお金はもうない。

「よろしく頼むぞ、グリード」

『よかろう、これも何かの縁。それとも運命か……。お前の行く末まで共にいてやる。で、お前の名はなんだ？』

そういえば言ってなかった。

「俺はフェイト・グラファイトだ」

『ふむ、憶（おぼ）えてやったぞ。これからどうする、フェイト』

やることは昨日の夜から決まっている。

「武器を手に入れたんだ。わかるだろ」

『狩りか？』

「そうさ、魔物狩りさ！」

さっそく、俺はグリードという無機物な相棒と一緒に商業区から王都の南門へ行くことにする。

南門は商業区へ大量の積荷を運び入れるだけあって、他の三つの門よりも一回り大きく作られている。荷馬車が並んで十台は同時に通れる広さだ。

ここから外に出て、少し進んだ先には、通称ゴブリン草原という場所がある。ゴブリンたちの住処（すみか）になっており、そこを通る荷馬車を襲っては、食べ物を奪っている。

魔物としての強さは最底辺で、初心者の武人が相手するにはもってこいだ。

気をつけなければならないのは、草むらに身を潜めて襲ってくる点だ。1匹のゴブリンを見つけて、倒そうと近づいたら草むらに隠れていたゴブリンたちに囲まれて、あの世行きなんてことがあったらしい。だから、「1匹のゴブリンを見たら100匹はいると思え」なんて、ことわざがあるくらいだ。

こういった話は、行きつけの酒場で年老いた武人に酒を無理やり飲まされながら聞かされたものだ。まさか役に立つときが来るとは思ってても見なかった。

俺も武人の仲間入りをした今、まずは登竜門であるゴブリン狩りを始める。

盗賊を殺した時に得たステータスなら、ゴブリンくらい倒せるはずだ。

そして、倒したゴブリンの魂を喰らい、己の力にしてやる。

荷馬車を躱（かわ）しながら、南門の前まで行くと、武具を装備した男女がたくさん集まっている。

どうやら、ここで気の合う連中同士で即席パーティーを組み、魔物狩りへ行くみたいだ。

パーティーか……いいな。故郷の村ではいじめられて、ボッチ。ここでもラーファルたちにこき使われて、親しい友人を作る機会などなかった。

共に戦い、苦しい時は励まし合い、悲しい時は共に泣く。死んだ父親が話してくれた昔話に出てくる英雄たちのパーティー。幼い俺は、目を輝かせて聞き入っていたものだ。

「いいな……仲間って」

思わず、つぶやいてしまう。するとグリードが、

『俺様がいるだろ』

「う、うん……」

でも、お前は無機物。俺の求めているのは有機物な仲間。この差は、でかいと思う。

よしっ、俺は気合を入れて、武人たちがいるところに踏み込んでいく。大丈夫だ、今の俺は持たざる者ではない。魔物の力を奪える暴食スキルがある。

きっと、あの輪の中に入れるはずだ。そして、受け入れてもらえるはずだ。

そう思っていたら、年齢が近そうな武人の男性の方から声をかけてくる。

「剣を持っているってことは君も武人だよね。どうだい、僕と組まないか？」

「いいですか！」

俺は嬉しくなって、テンションが上がってしまう。人に必要とされた経験がほとんど無い俺だ。お前の力が必要だみたいな感じで言われたら、それはもう嬉しくなっても仕方ないだろう。

「ああ、今日はいつも一緒に狩りをする相棒がいなくて困っていたんだ。ところで、君のレベルはいくつ？」

「はい、レベル１です！」

その瞬間、そいつは引きつった顔をした。そして、頭を掻きながら用事を思い出したとか言って、俺から離れていってしまう。

えっ……。なんだか、妙な虚しさだけが残った。

そんな俺に、グリードがいう。

『フェイト、あきらめろ。レベル1では誰だってああなるだろ。お前は、もしかしたら死ぬかもしれない戦いで、弱そうなやつと組みたいと思うか？』

それを聞いて、ハッとした。暴食スキルによってオール1だったステータスが三桁になって、強くなった気でいた。だけど、俺はやっとスタートラインに立てたばかりなんだ。今までがゴミ屑過ぎたため、普通がわからなくなっていた。

「舞い上がっていたな」

『そういうことだ。それにお前の暴食スキルはひと目にさらしていいものではない。パーティーはあきらめろ。俺様が言えるのはこれくらいだ』

「……なんで、暴食スキルのこと？」

暴食スキルについては、まだ話していない。なのになぜ知っている。

すると、グリードは不敵に笑う。

『それは俺様とお前は同類だからさ。まあ、否応なしにそのうちわかるだろう』

もったいぶった言い方をして、グリードはそのままだんまりを決め込んだ。

気になることはあるが、こいつが言ったことは間違っていない。暴食スキルなんて規格外な力を大っぴらに他の武人たちに知られたら、碌(ろく)なことはなさそうだ。

たとえば、殺した対象の力を奪うスキルが、多くの武人たちに周知されるとする。もしかしたら、武人の中には自分の力を奪われるかもしれないと恐れる者が現れるはずだ。そうなったら奪われる前に、暴食スキル保持者が弱いうちに殺してしまえ……みたいな事になりかねない。これはラーファルの思考をトレースしたものだ。まあ、これと似たようなことを考えるやつはいるかもしれない。

安全第一、誰にも手出しできないくらいの力を得るまで、グリードと魔物狩りをしていくしかなさそうだ。

まずはゴブリン狩りだ。

第5話　喰い散らかす

俺は草むらで身を潜めていた。ここはゴブリン草原の入り口付近。

少し離れた先で、1匹のゴブリンが欠伸しながら胡座(あぐら)をかいている。

身長は俺の腰くらいの小さな魔物で、肌は緑色。人間から盗み取ったと思われるボロボロの服を着込んでいた。

敵は俺に気がつくことなく、油断している。周囲の様子も窺(うかが)ってみたが、他に仲間がいる気配はない。

息を殺して、ゴブリンの背後に回っていく。

そして、《鑑定》スキルを使う。

ゴブリン・ファイター　Ｌｖ３
体　力：30

筋　力：40
魔　力：10
精　神：10
敏　捷：30
スキル：筋力強化（小）

ゴブリン・ファイターか……どうやら、こいつらにはいくつかの種類がいるようだ。

ステータスは俺よりも格下。

さらに所持しているスキルも調べてみる。


筋力強化（小）：物理攻撃時に少しだけプラス補正される。


ステータス補正系のスキルか。（小）というくらいだから、おそらく（中）や（大）などもありそうだ。

有用なスキルは、どんどん取り込んでいくべきだろう。

ゴブリンはとうとう眠気に負けて、舟を漕ぎ始める。

絶好の機会が到来！
俺は草むらを飛び出して、ゴブリンに一気に近づく。
思いっきり踏み込んだ足音で、目を覚ましたゴブリンは振り向くがもう遅い。
黒剣グリードが一条の弧を描きながら、首を刎ね飛ばす。
ゴブリンは抵抗することも、泣くこともできずに死んだ。
すると、やはり無機質な声が頭のなかで聞こえてくる。
《暴食スキルが発動します》
《ステータスに体力＋30、筋力＋40、魔力＋10、精神＋10、敏捷＋30が加算されます》
《スキルに筋力強化（小）が追加されます》
よしっ！　確認のため、自分を《鑑定》してみる。

フェイト・グラファイト　Ｌｖ１
体　力：１５１
筋　力：１９１
魔　力：１１１
精　神：１１１

敏　捷：１６１
スキル：暴食、鑑定、読心、筋力強化（小）

増えてる、増えてる。うん、強くなっている。

嬉しさのあまり、ステータスやスキルに見入っていると、グリードに鼻で笑われてしまう。

『ゴブリン程度で、喜びすぎだ。倒すたびに、いちいちそんな感慨にふけっていたら、日が暮れてしまうぞ』

「いいだろ、初めて魔物を倒したんだぞ」

たしかに他の武人ならそうかもしれない。でも俺は昨日まで魔物に怯（おび）えながら生きてきた人間だ。それが立場が逆になったという、解放感はひとしおなのだ。

俺はゴブリンを倒した証拠として、緑色をした両耳を切り取る。王都は魔物を討伐した者に賞金を出しているので、これを所定の施設に持っていけば換金してもらえるのだ。

ゴブリン１匹で銅貨10枚だったはず。俺がやっていた門番の日給よりいい。武人は危険かもしれないけど、ほんと稼ぎがいいな。

予（あらかじ）め用意しておいた麻袋にゴブリンの耳を放り込む。

さあ、次だ。警戒しながら進んでいくと、開けた場所でゴブリン2匹を見つけた。

1匹は剣を持っている姿からゴブリン・ファイターだとわかるが、もう1匹、大きな盾だけを持っているやつもいるな。

知りたいなら考えるより、《鑑定》したほうが早い。

ゴブリン・ガード　Lv3
体　力：40
筋　力：20
魔　力：10
精　神：10
敏　捷：10
スキル：体力強化（小）

なるほど、体力がゴブリン・ファイターより少し多いだけか。それに合わせるかのように、体力強化（小）のスキルを持っている。

攻撃を盾で弾かれないように注意して戦えば、なんとかなりそうだ。

俺は草陰に隠れながら、2匹を窺う。さて、どちらから倒すべきか。

攻撃武器を持っているゴブリン・ファイターから倒したほうが良さそうにみえる。だけど、もし失敗したり気づかれたりしたら、盾役のゴブリンに邪魔されながら戦うハメになってしまう。

力でゴリ押ししてもいいけど、まだ戦い方に慣れていないので確実に行きたいところだ。決めた、ゴブリン・ガードから倒そう。

俺は2匹が離れて距離を取った瞬間を狙った。

今だ！　こちらを向いていないときに飛び出したのだが、勘の鋭いゴブリン・ガードは俺に気がついて素早く盾を構えてしまう。このままでは、振り下ろした黒剣を弾かれる……と思ったが、

「ギャアア――――ッ」

ゴブリン・ガードが悲鳴を上げた。

なんの抵抗もなく、盾ごと切り伏せてしまえたのだ。

黒剣グリードは見た目よりも、遥かに切れ味が鋭いようだ。これなら一方的な攻撃ができる。

《暴食スキルが発動します》

《ステータスに体力＋40、筋力＋20、魔力＋10、精神＋10、敏捷＋10が加算されます》

《スキルに体力強化（小）が追加されます》

俺は無機質な声を聞きながら、残ったもう1匹にむかって駆け出す。もちろん、行く先にいるゴブリン・ファイターは俺に気がついて剣を振り回して威嚇している。それを見ながら、気になっていることをグリードに聞いてみる。

「なあ、グリード」

『どうした？』

「お前ってこんなに切れ味が鋭いのに、なんで安く売られていたんだ？」

『簡単なことだ。俺様は使い手を選ぶからだ』

「じゃあ、グリードは俺を認めているってことか」

『ふんっ、うるせっ』

おやおや、グリードはそう言ってへそを曲げてしまう。だけど、黒い刃がさらに鋭く光った。

憎まれ口を叩くけど、俺のことをそれなりに認めてくれているようだ。

なら、それに応えないといけない。

ゴブリン・ファイターは相変わらず剣を乱雑に振り回していた。好きなだけ威嚇していればいいさ。俺は構わず、ゴブリン・ファイターが持っている剣ごと袈裟斬りにしてやった。

白目をむいて倒れ込むゴブリン・ファイター。

《暴食スキルが発動します》

《ステータスに体力＋30、筋力＋40、魔力＋10、精神＋10、敏捷＋30が加算されます》

ん？　今回はスキルの取得がなかった。ああ、そうか。既に持っているスキルは重複するので、追加できないのか。

新たなスキルがほしいなら、違う魔物を狩るしかなさそうだ。ステータス加算だけでも、十分美味しい。

俺はそれから、ゴブリン・ファイター×25、ゴブリン・ガード×10を狩った。

持っている麻袋もゴブリンたちの耳でそろそろ一杯になりそうだ。

《鑑定》で今の状況を確認する。

フェイト・グラファイト　Ｌｖ１
体　力：１３７１
筋　力：１４５１

魔　力：481
精　神：481
敏　捷：1051
スキル：暴食、鑑定、読心、筋力強化（小）、体力強化（小）

おいおい、体力と筋力、敏捷はもう四桁台に突入しているじゃないかっ！

魔力と精神に関しては、敵のステータスが低かったのであまり伸びていない。

ふふふっ、昨日までステータスがオール1だった男とは思えないほどだ。

だが、気になる点がある。レベルだ。

あれだけの魔物を倒したなら、結構な経験値(スフィア)を得て、レベルアップしてもおかしくない。

しかし、レベル1から微動だにしていないのはおかしい。

頭を悩ませていると、グリードが笑っていう。

『暴食スキルの影響だ。神の理(ことわり)を破りしスキルを持つ者が、経験値(スフィア)の恩恵を受けられるわけがない』

「神様の理を破るって、どういう……？」

『今まさにしているだろう。殺してステータスとスキルを奪っているその所業が神の理

――レベルという概念を否定しているさ。そのような者には神からの恩恵はない。ステータスだってオール1だったはずだ』

そして、グリードは少し間をおいて言った。彼にも何か思うところがあるのだろうか。

『それに……いや、なんでもない。そろそろ、昼飯時だ。王都に帰ったほうがいいだろう?』

言いかけてやめるなよ、気になるだろ。しかし、たしかに腹が減っている。

ここでゴブリン狩りは切り上げて、王都セイファートに戻ったほうがいい。ステータスは四桁突入を始めたし、今日のところはもう十分だろう。

なぜかわからないけど、ゴブリンたちが俺を必死になって襲い始めているし、これ以上の無茶はやめておこう。

ステータスが上がったことだし、次に魔物狩りをするときは、ここより進んだ森にいるホブゴブリンと戦ってやる。

ホブゴブリンはゴブリンの上位魔物だから、ステータスやスキルがもっと奪えるはずだ。

さあ帰ろう、王都セイファートへ。

第6話　ハート家の裏側へ

俺は王都セイファートに戻った足で、倒した魔物の賞金をもらうために、引き換え施設を訪れた。

無骨な武人たちがひしめき合い、たまに暴言などが聞こえてくる。交換条件で受付の人と揉めているようだ。

あんな奴らに絡まれたら、面倒なことになりそうだ。身をすくめて、列に並ぶ。

前にいる体格が良い男が、振り向いて俺を舐めるようにじっとりと見て、鼻で笑う。どうやら俺の身なりから、パーティーで雑用をやらされている雑魚だと思ったのだろう。

それは、今の俺にとっては好都合だ。

受付で魔物の部位を大量に提示したとしても、「ああ、下っ端のお使いかな」なんて思ってもらえて、変な勘ぐりもされないはず。今回、俺が持っているゴブリン38匹の両耳を見ても、驚かれないだろう。

「次の方、どうぞ」

おっと、俺の番だ。床においていた麻袋をカウンターへ。小さめの袋だったので、ゴブリンの耳でパンパンだ。

「拝見いたします……まあ、たくさん狩りましたね。大パーティーで狩ったんですか？」

「えっ、ええ、そうです。みんなで協力して頑張りました。みんな張り切ってしまって……もう」

俺は存在しないエアパーティーを頭の中で必死に考えて、会話した。なんて、虚しいんだろう……エアパーティーの物語をかたる俺。

『笑える』

「うるせっ」

しまった。グリードの声が聞こえない受付の人が、俺を見て困惑した顔をしている。それはそうだ、いきなり会話中に「うるせっ」なんて言ってしまったんだ。俺はグリードに対して言ったけど、受付の人からしたら自分に言われたと思うだろう。

「すみません。なんでもないです」

俺は愛想笑いを繰り返しながら、なんとか逃げ切った——と思う。

引き換え施設から出た俺はホッと胸を撫で下ろした。受付の人との会話で知ったのだが、大概の狩りでは多くて一日10匹くらいまでしか狩らないのだそうだ。なぜかと言うと、同種の魔物を狩り続けているとヘイトと呼ばれる恨みが募っていき、魔物に狙われやすくなるらしい。

そういえばゴブリンを狩っていたとき、後半になるに連れて親の敵みたいに俺を襲ってきていた……納得だ。

今後、換金する時は他の武人たちに合わせて、換金する魔物は10匹に抑えたほうがいいだろう。それ以上は諦めよう。毎回、魔物の部位を大量に持ち込んでいたら、いくらなんでもおかしいと思われる。勿体(もったい)無いが、そうするしかなさそうだ。

換金した銀貨3枚と銅貨80枚が入った袋を見る。

俺が五年間、苦労を重ねて貯めたお金――銀貨2枚を超えている。

それもたった半日で稼いでしまったのだ。

「俺の五年間とはいったい……」

こうやって、まともな生活に近づいていけば、俺がどれだけ歪曲した世界にいたか、否応なくわかってしまう。

そう思うと、ラーファルたちへの怒りが募っていく。お前はゴミ以下の無能だ。だから怒る資格すらもない……なんて、いってのける奴らに。

ぐぅぅぅ……。

ラーファルたちのことを思い出していると、ゴブリンたちであれほど満たされていた腹の虫が鳴り出してしまう。まるで喰いたい喰いたいと言っているみたいだ。

まだ早い。それに、ロキシー様のこともある。

これはもう俺だけの問題ではないのだ。

さて、このお金はどうしようか。そうだ！

俺は継ぎ接ぎだらけの服を見て、いいお金の使い道を思いついた。

＊

『馬子にも衣装だな』

「うるせっ」

薄汚れていた俺たちはきれいになった。服屋で銀貨2枚を使って、それなりに仕立ての良い服を買った。

あと、銅貨50枚で黒剣グリードの鞘(さや)を。ついでに銅貨10枚足して、こびりついた油埃を洗い落としてもらった。

これで、聖騎士が住まう区画へいっても、門番たちに良からぬ心証を与えないだろう。

どっからどう見ても今の俺は普通だ。

ゴブリン討伐で稼いだお金はまだあるし、ちょっと豪華な昼食にしよう。

俺は意気揚々と飲食店が立ち並ぶ大通りを目指す。裏通りにある行きつけの酒場に行ってもいいのだが、偶には気分を変えて違った店もいいだろうと思ったのだ。

王都の中でも一番多く飲食店のある通りだ。行き交う人々も相応に多い。立ち止まっていると押し流されてしまいそうだ。

さて、どこの店に入るかな。やはり、食べるなら肉だよな。五年ぶりの肉は一体どんな味がするのだろうか。考えただけでテンションが上がって涎が出てきてしまう。

そんな俺にグリードが《読心》スキルを通して、声をかけてくる。

『たかが肉ごときで、大げさなやつだな』

「何を言っているんだよ！　肉、肉だぞっ⁉」

『ふんっ、俺様は武器なので食欲というものが理解できん。それよりも、今後戦いで汚れた俺様をしっかりと手入れしてくれよ。それが俺様にとって、お前の食事と同じくらい大事なことだ』

「わかっているって、さっきも銅貨10枚もかけて手入れしてやっただろ」

『俺様に言わせれば、あれくらい自分でできるようになってもらわないと困るぞ』

たしかに……。毎回、鍛冶屋に頼んでいたら地味に出費をしてしまう。それにもし王都の外で数日間帰ることなく狩りを続けた場合に、黒剣グリードのメンテナンスは俺がしないといけない。

まあ、メンテナンスといっても、この黒剣は刃こぼれ一つしないので剣身にこびりついた血や脂を拭う程度なのだ。

そのままにしておいてもいいかなと思っていたら、グリードがめちゃくちゃ嫌がった。《読心》スキルを通して、綺麗にしろとかなりうるさかったりする。

グリードは他の武器と違って心を持っている。いわば、人間と同じように汚れた体のままでは気持ち悪いようだ。そんなグリードの心情を知ってしまうと、あの露店で油埃を被って要らない物のように扱われていたとき、彼の中ではどのような感情が渦巻いていたのだろうか。

知りたいと思って聞いてみたとしても、強情なグリードのことだ、きっと教えてはくれない。

「わかったよ。食事が終わったら、メンテナンス道具を買いに行こうか」

『おおっ、やっとフェイトも俺様の大事さがわかってきたようだな。宝石のように丁寧に手入れしろよ』

「本当に偉そうな武器だな」

『それが俺様、グリード様なのさ』

　これは手入れするとき、あそこを磨けやら、ここにまだ汚れが残っているやらと小舅のように言われそうだ。あんまりうるさいなら、井戸の冷たい水をぶっかけてやる。そしたら、少しは冷えて静かになるかもしれない。

　グリードのメンテナンス話はこれくらいにしておいて、さすがにお腹が空いてきたので昼食にしよう。ちょうど、目の前の店から肉が焼けるいい匂いがしてきている。たまらない、もうあそこにしよう。

　飲食店の中へ入ろうとした時、親子らしき二人とぶつかってしまった。

　油断していたところを横からもろに押し飛ばされた感じだ。尻餅をついてしまっている俺に無精髭を生やした父親が怒鳴りつけてくる。

「どこを見ているんだ。この屑野郎がっ。邪魔だ」

「なんだとっ!」

　向こうから一方的にぶつかっておいて、それはないだろう。俺は言い返そうとするが、無視をしてその場から立ち去ろうとする親子。手を引かれている幼い娘は、押し黙った顔して何も言わない。
俺はあまりの理不尽さに苛立ちを覚えながら、逃げていく親子に手を伸ばす。
その時、娘の手に触れて《読心》スキルが発動してしまう。
（助けて……誰か……助けて……）
一瞬でうまく読み取れなかったが、あの女の子は間違いなく助けを求めていた。
なぜだ⁉　二人は親子だと思っていたけど違うのか？
よく見ると、男の顔と少女の顔は似ていない。もしかして、あの子は誘拐されている⁉
俺はとりあえず、背中を向けて立ち去っていく男を《鑑定》してみる。

カシム・ブラック　Ｌｖ15
体　力：９２０
筋　力：９００
魔　力：６７０
精　神：５００
敏　捷：９５０
スキル：

あれ？　スキルがない。おかしい、そんなことはありえない。

スキルは神様からもらえる力。誰でも必ず一つは持って生まれてくるのだ。うまく読み取れなかったのかもしれない。もう一度《鑑定》スキルを使ったが同じだ。

不思議に思っていると、グリードの声が《読心》スキルによって聞こえてきた。

『あの男の所持スキルが隠蔽スキルによって、鑑定スキルでは見えないように隠されているのだろう。まあ、ステータスの体力、筋力などから、あの男は武人だとわかるがな。問題は隠蔽スキルによって隠されたスキルが何かだ。さあ、これからどうする？』

「どうするって言われても」

男は少女の手を無理やり引っ張りながら、人混みの中へ消えようとしている。

顔をこわばらせて声すらも出せない彼女。知ってしまった以上、見過ごせない。

「はぁ〜、食事は中止だ。追いかけよう」

『おおっ、助ける気か？』

「仕方ないだろ、見て見ぬ振りはできない」

『フェイトが選んだことなら文句を言う気はない。だが、気をつけろ。あの男は人殺しの目をしていた。人を殺すことに躊躇しない敵に情けは絶対にかけるなよ』

「……わかった」

もう俺はすでに人を一人殺している。お城に忍び込んだ盗賊という悪党だったが、やはり命を奪って良い気はしなかった。あの盗賊が俺を睨みつけるように死んでいった姿は一生忘れられないだろう。

だけど、俺は後悔はしていない。

もし、あの盗賊を取り逃がせば、ロキシー様は他の聖騎士たちにここぞとばかりに叱責されていた。聖騎士の社会は出世争いが激しいと聞く。このことでロキシー様のように民を思ってくれる人が出世コースから外されるのはどうしても避けたかった。

だから俺のようなゴミ屑が、たとえ手を汚してでもロキシー様の力になれたことが嬉しかったのだ。

正義の味方になんてなるつもりもないし、なれるわけもないけど、せめて目の前で苦しんでいる人がいたら、助けられたらいいなと思ってしまう。それくらいのたわいもない話だ。

意を決した俺は一定の距離を保ちながら、二人を尾行していく。

しばらく後をつけていくと、男は商業区の倉庫が建ち並ぶ場所で歩みを止めた。ここは王都の外から搬入された積み荷を保管している。その中の外壁がボロボロになって利用されていないと思われる倉庫の中へ、少女を連れて入っていった。

「あそこがあの男の住処なのか」

『どうだろうな。もしかしたら、そこで誰かに会って少女を売り飛ばすつもりかもしれんし、乱暴を働くつもりかもしれん』

「どちらにしても、最悪だな。急ごう！」

俺は黒剣グリードを握りしめて、倉庫に静かに近づいていく。周りに人はいない。倉庫の古びた壁に張り付いて、割れた窓からそっと中の様子を窺ってみる。

男が少女に鉄の首輪をつけて、犬のように錆(さ)びた鎖で柱に繋(つな)いでいる。もうこれは間違いない。彼女は誘拐されている。

少女は恐怖から声が出せなくなっているようだ。そんな彼女をせせら笑いながら男は言う。

「ガキはちょっと脅してやるとすぐに声の出し方すら忘れる。本当にちょろい仕事だぜ」

そう言って、男は少女の頬を叩く。かなり強めだったらしく、倉庫内に叩かれた音が反響するほどだ。

「お前みたいな孤児は、いてもいなくてもいい存在なんだ。どうせ、使えないからって親に捨てられた口だろう」

それを聞いた彼女は途端に顔色を変える。

「はっ、図星かよ。どんな屑みたいなスキルか、俺に言ってみせてくれよ。ぁん⁉　聞こえねぇぞっ！」

少女は地面を見つめながら、泣き出してしまう。それでも恐怖から声が出せないようだ。あの子は持たざる者だったのか……。ちょっと前の俺と同じように、自身の力に絶望しながら、それでも生きていかないといけない境遇だ。

いや、今はもっとひどい状況だ。無理やり誘拐されて、何かをされようとしているのだ。

俺はすぐに助け出したい気持ちを抑えながら、ひたすらチャンスを待つ。

そんな中で、男は執拗に少女をいたぶるように心無い言葉を浴びせるのだ。

「喜べ、そんな社会のゴミ屑のお前でも、役に立てる場所がある。これから、お前はある聖騎士のおもちゃとして生きていけるのだ。なあ、嬉しいだろ？」

それを聞いた少女は泣きながら、首を横に振り続ける。

男は舌打ちをしながら、また顔を叩く。

「おいおい、素直じゃないな。聞き分けが良くないと、向こうに行ったらあっという間に殺されてしまうぞ。この前の奴なんて、一週間も持たなかったからな。俺としては、次を求められて儲けられるからいいけどな」

そして、今度は少女のお腹に蹴りを入れる。予想を超える衝撃に彼女は地面にうずくまってしまう。

見かねた俺は黒剣グリードを鞘から引き抜こうとするが、

『待てっ、フェイト！　まだ我慢しろ』

「だけど……」

グリードが《読心》スキルを通して、飛び出しそうな俺を止めてくる。

これ以上は無理だ。このまま放っておけば、あの少女の心に取り返しのつかない大きなキズが残ってしまう。

しかし、それでもグリードは決して動くなという。

『感情で動くな、死ぬぞ。相手のステータスよりお前のほうが少しだけ上。だが、戦闘経験は向こうが圧倒的に上だ。この意味、お前にもわかるはずだ』

「わかったよ……頭を冷やせだろ」

技量が足りないくせに、感情的に剣を振り回しても勝てるわけない。ごもっともだ。

ここは心を落ち着けて、倉庫内を見回す。

使われていないといっても、廃棄された積み荷らしき大きな木箱がたくさん積み上がっている。あれらを死角にして、近づけないものか。

そう考えを巡らせていると、男に動きがあった。少女を散々いたぶった後、倉庫から出ていったのだ。何か他の用事でもあるのかもしれない。チャンスは今しかない。

俺は割れた窓から、そっと倉庫の中へと忍び込む。そして、一直線に鎖に繋がれた少女の側まで駆けていった。

彼女は俺の足音を聞いて、男がすぐに戻ってきたと勘違いしたらしく、顔をあげることなく体を震わせている。

まずは少女を自由にするために鎖を断ち切ろう。

俺は黒剣グリードを鞘から引き抜き、拘束の鎖に狙いを定める。鋭すぎる黒剣はいとも簡単に錆びた鉄の鎖を切断した。

よしっ、これで一つクリアしたぞ。俺は今もなお震えている少女に声をかけた。

「もう大丈夫だよ」

「…………」

俺の声に顔を上げた彼女はひどく驚いた顔をしていた。そしてしばらく俺を見つめて、あの男の仲間ではないことを理解したようだった。その証拠に、今度は安心からか……嬉しそうに涙を流している。

どうやら、まだ誘拐されたショックによって言葉は喋れないようだ。

「さあ、今のうちにここから出よう」

俺は彼女の手を引いて立ち上がらせようとする。しかし、先程までホッとしていた彼女の顔が一変してしまった。この恐怖に満ちた表情は、一体どうしてだ。

少女は、俺を見ずに背後を怯えるように見続けている。

つられるように振り向くと、そこには倉庫から出ていったはずの誘拐犯が立っていたのだ。

くっそ、俺は嵌(は)められたんだ。すぐに理解できた。男は俺が尾行しているのを知っていて、わざと倉庫から立ち去るふりをしたのだ。

男はニヤニヤと笑いながら、俺と少女のもとへ近づいてくる。

「たまに正義感から、俺の後をつけてくるアホがいる。だが、そいつを誘拐してきた子供の目の前で殺してやるとな、子供は俺の言うことはなんでも聞くようになるんだ。お前は飛んで火に入る何とやらってやつだ」

そう言って、腰に下げていた片手剣を引き抜いて、中段に構える。それだけでも言われぬプレッシャーが伝わってきた。

これがグリードの言っていた戦闘経験の差によるものなのか。

「どうした、膝が笑っているぞ。ハハハッハ！」

にじり寄ってくる男に、俺は黒剣グリードを構えて牽制する。俺の後ろには怖くて動けない少女がいるのだ。

このまま向こうから接近されては、少女を守りながら戦わなければいけなくなる。これ以上、不利な状況にするわけにはいかない。

しかし、このまま闇雲につっこんでいっても、向こうの思う壺だ。

焦るな、俺。だが、早く決断しないと敵は待ってはくれない。そんな俺に、グリードが《読心》スキルを介して声をかけてくる。

『フェイト、少女を連れて後ろの積み荷の山へと下がれ』

さっきまで、倉庫の窓から眺めていたところだ。乱雑に積まれた木箱は今にも崩れそうである。おまけにそこは、出口から遠ざかる場所だ。一瞬疑問に思ったが、俺はすぐにグリードが言った意味を察した。

後は、うまくできるかだが……こればかりはやってみないとわからない。

誘拐犯は俺が見せた剣の構えで、戦闘経験の浅い、レベルが低い格下だと感づいている。だが、その慢心をうまく利用させてもらう。

ラーファルたちに五年間も痛めつけられた俺にとっては、ゴミ屑の演技なんて呼吸をするくらい簡単だ。ああぁ、そんなことを思ってしまうと虚しくなるが背に腹は替えられない。

『タイミングは俺様が教えてやる。さあ、始めるぞ』

「うん、やろう」

あのクソッタレな門番をしていた時を思い出しながら、少女の手を引いて一心不乱に身を隠す場所を探すように、積み荷の山へと後退してみせる。

さあ、誘いに乗ってこいよ。

男には俺の行動が狼狽えている、怖がっているように見えているだろう。蔑むように見下す顔を俺に見せつけてくる。

「なんだ、さっきまでの威勢はどこにいった？　そのつかえねぇガキを助けようとした元気はどこへいった？　俺の邪魔をしておいてただで済むと思うなよ。酷たらしくバラバラにしてやる」

恐怖する者を恫喝して、反抗するすべを削ぐ。これはラーファルたちがよく使っていた手だ。やはり、こういう奴らがすることは、よく似ているのかもしれない。

だからこそ、俺にはあの男のことが手に取るようにわかってしまう。

絶対に追いかけてくる。

「そんなところに逃げても無駄だ。もう諦めろ！」

俺は更に積み荷の山の奥へと逃げ込む。道は細くなり、狭く逃げ場のない袋小路だ。

この状況は、奴にどう見えるだろうか。

ゆっくりとした足音が近づいてくる。右手には鉄製の片手剣。顔の表情は負ける気など微塵もない。

「もう逃げ場がないぞ」

男は追い詰めるように一歩、また一歩と接近してくる。そろそろか――俺は少女にできるだけ後ろに下がるように言い含める。するとグリードが《読心》スキルを通して、合図を送ってきた。

『今だ、フェイト！』

俺は黒剣を上段に構える。

それを見た男は得心したように笑みをこぼした。

「もしかして、この積み荷の山を崩して俺を生き埋めにする気か？　でも、そんなことをしたらお前もガキも生き埋めだ。恐怖で考えが足りないじゃないか」

「そう思うだろうと思っていたよ」

俺は構わず、男へ向けて駆け寄っていく。これは一度だけの賭けだ。失敗したら次はない。

勢いそのままに大きく振りかぶった黒剣を男目掛けて振り下ろす。

よしっ、かかった！

積み荷に囲まれた逃げ場がないところだ。俺が捨て身の覚悟で受けやすい大ぶりの攻撃を繰り出せば、剣で受け流すと予想していた。

思惑通り、男は避けることなく俺の攻撃を受けてみせた。そう、鉄でできた鎖さえも容易(たやす)く両断してしまう黒剣の斬撃を受けたのだ。

「なにっ！　バカなあぁぁ」

男が持っている鉄製の片手剣はバターのように千切れ飛ぶ。そして、男の肩から入った黒剣はそのまま袈裟がけに斬り込んだ。

大量の血を吹き上げながら、男は倉庫の汚れた床に仰向けで倒れ込んだ。

俺は口からも血を吐く男の側へ行き、気になっていたあることを確認する。それは、少女を買おうとしていた聖騎士についてだ。どうしても、こんな酷いことをする聖騎士の名を知りたかった。

「答えろ、お前に依頼をした聖騎士は誰だ？」

男は死にそうになりながらも、頑なに口を割ろうとしなかった。

「言えっ、誰に頼まれた！」

黒剣を傷口に刺し込んで詰問する。男は顔を歪(ゆが)めるが、まだ抵抗を見せた。

チッ。こうなったら、男に触れて《読心》スキルで心の中を知るしかなさそうだ。手を伸ばした時、とうとう痛みに耐えかねた男は、嫌な名をその口から吐き出した。

「ハド……ハド・ブレリック………」

ハドだって⁉　ブレリック家の次男だとっ！

表でも酷いことをやっているが、裏ではもっと酷いことをしていたのかっ！

幾人の子供たちがハドの毒牙にかかったのか、さらに問いただそうとしたが男は出血多量で事切れていた。

《暴食スキルが発動します》

《ステータスに体力＋920、筋力＋900、魔力＋670、精神＋500、敏捷＋950が加算されます》

《スキルに隠蔽、片手剣技が追加されます》

おおっ、グリードが言っていたように隠蔽スキル持ちだった。これを使って片手剣技スキルを隠していたのか。

俺は《鑑定》スキルを使って、入手したスキルを調べる。

隠蔽：鑑定スキルから、所持スキルを隠せる。
片手剣技：片手剣の攻撃力が上がる。アーツ《シャープエッジ》が使用できる。

隠蔽は予想通りだな。片手剣技にはアーツと呼ばれる奥義があるようだ。グリードに聞いてみると技系スキルは必ず一つ強力な奥義を持っているという。試しにこれも《鑑定》してみる。

……斬り返して二回攻撃を加える奥義か。

もし、このアーツ《シャープエッジ》を俺が仕掛けるよりも先に使われていたら、かなりやばかったと思う。おそらく俺は今ここに立っていなかっただろう。

戦いは時に運というが、今回は俺の方に風が吹いていて本当に良かった。

さて、ここに長居をするのは危険そうだ。なぜなら、死んだ男は少女をハドに売ろうとしていたからだ。今、ブレリック家の連中に見つかる訳にはいかない。

見つかれば、今日の門番の仕事を勝手に休んだ俺をいたぶり殺すに決まっている。ステータスが未だに貧弱な俺には、まだまだ奴らに対抗できない。

少女を連れて、急いで倉庫を出る。そして、倉庫場から人がたくさんいる繁華街を目指すことにした。今は少しでも人混みに紛れている方が安心できる。

　空を見上げれば、陽は傾きかけていた。その時、思い出したように俺の腹の虫が鳴り響く。

　暴食スキルからくる空腹ではない。だって、さっき誘拐犯の魂を喰らったばかりだ。これは、昼食を抜いたので、俺の体が純粋に食い物を寄越せと言っているのだ。

　どこかで食事を摂(と)りたいなと思っている俺に、可愛らしいお腹の音が聞こえてきた。

　音が鳴った方を見てみると、そこには助け出した少女が顔を赤くしてお腹を押さえているではないか。

　安心して、お腹が空いてしまったのだろう。

「よしっ、兄ちゃんが何か奢(おご)ってやろう」

　先程までの顔が一変して、ぱぁっと嬉しそうに明るくなった。

　やっと笑ってくれたか。誘拐されたことが彼女を深く傷つけてしまったのではないかと不安だった。だけど、それは杞憂(きゆう)だったのかもしれない。こんな顔を少なくともできるのなら、きっと大丈夫だ。

　なら、当初の予定通りに肉を食いに行こう。

　この繁華街なら、お店は選び放題だ。うまそうな匂いを嗅ぎ分けていると、鼻腔をくすぐる香りが漂ってきた。これは、ビーフシチューだ。

これなら、幼い子供でも食べられる。決めたぞ、この店にしよう。

少女の手を引いて、店のドアを開ける。人気店だったらしく、中にはたくさんの人がいた。

テーブル席は……残念、空いていないか。なら、カウンター席は……おおっ、ちょうど二つの席が空いているぞ。

取られないうちに、俺たちは素早く座る。すると、店員がメニューを持ってやってきた。

「何にされますか？　今日のおすすめはこちらになります」

今日はいい魚が手に入ったそうで、それを使った料理が一押しだという。

隣の席に座っている人がちょうどその料理を食べていて、実に美味しそうだ。チョイスとしては悪くないような……だけど、

「ビーフシチューとパンを二人分、お願いします」

「はい、かしこまりました」

やはり、当初の目的は譲れない。この娘だって、目を輝かせてビーフシチューを楽しみにしているのだ。その期待は裏切れない。

まだかな。少女と一緒になって、ニコニコしながら待っていると、肉が一杯入ったビー

フシチューと焼き立てパンがやってきた。うまそう!!　よだれを垂らしそうだ。横に座っている少女は我慢できないようで、よだれを垂らしてしまっている。

「もしかして、肉を食べるのは初めてなの？」

少女はよだれを拭きながら頷く。そういえば、この子は不遇スキル持ちのため、親に捨てられた孤児だった。門番時代の俺でも、肉は食えなかったのだ。孤児の彼女が食べられるわけがないじゃないか。

彼女は俺の顔を見つめてきて、食べていいのかなと気を遣っているようだ。ここまで来て、食べちゃダメなわけがない。いいに決まっている。

「さあ、どうぞ。今日は頑張ったんだ」

俺がそっと背中を押すと、少女はスプーンを逆手に握って黙々と食べ始めた。

そして、彼女はあっという間にビーフシチューとパンを平らげる。お腹いっぱいになって、身も心も安心したのだろうか。わんわんと声を上げながら泣き出してしまった。

やっと、声が出せるようになったんだ。良かった。

美味しい食べ物には、きっと人を幸せにする力があると思う。俺もこのビーフシチューを一口食べるたびに、明日はもっと頑張ろうと思えてしまうんだ。

楽しいひと時はすぐに過ぎ去っていく。これ以上夜が遅くなってはいけない。

少女は孤児だ。なら帰る場所はあるのかと聞いてみたら、なんと、俺が住むスラムにあるボロボロの孤児院だという。すごい近くじゃないか！

「そうとわかったら、途中まで一緒に帰ろう」

「うん！」

店を出た俺たちは、商業区から住宅区へと移動していく。そして、住宅区の中でも貧しい人々が寄り添うように暮らすスラム街へと戻ってきた。

まずは、少女を孤児院に送り届けよう。

整備されているとはお世辞にもいえない道を歩く俺は、周りが次第に明るくなっていくのに気がついた。ああ、曇っていた夜空が晴れていったのだ。

外灯のない道に月光はとても美しく、温かく感じた。

「さあ、もうすぐ孤児院だ。ん？　どうした？」

「……」

急に押し黙ってしまった少女。だいぶ元気になってきたと思ったけど、誘拐犯に捕まった時を不意に思い出してしまったのだろうか。

心配になる俺を裏切るように、少女は笑顔で言ってくる。

「ありがとうね、お兄ちゃん！」

「……」

今度は俺の方が押し黙ってしまった。やべ、誰かにお礼を言われたのは初めてかもしれない。

なんだか、ムズムズして照れてしまう。でも、悪い気はしない。

こんな俺でも少しは役に立てたようで、ホッとする自分がいたりもする。たまにはいいだろう。

孤児院が見えてきたぞ。おや、シスターたちが外に出て誰かを捜しているようだ。おそらく、俺が連れているこの娘だろう。

だから、ここから先は彼女の背中を押してやる。

「もう大丈夫だろ。ここからは自分の足で帰るんだ」

「お兄ちゃんは付いてきてくれないの？」

「ああ、ここでお別れだ。元気でな」

俺の役目はとっくの昔に終わっている。弱い者にはどうしようもない世界だけど、生きていくためにはやっぱり自分の力で歩いていくしかない。

きっと……それをやめてしまっては、絶対にいけないと思う。

気持ちが通じたのか、少女は俺から離れると、一人で歩き始めた。その姿は俺が故郷の村から出てきた時と重なって見えた。父親を病気で失い、村での居場所も失った俺に残された唯一の道。

先の見えない道だけど、歩いて行くしかないのだ。

シスターたちが少女を見つけて、涙を流しながら抱き寄せる。すると、さっきまでなんてことない顔していた彼女は破顔して一転、大泣きしだした。

まだ、泣き足りなかったみたいだ。今はいっぱい泣いたほうがいい。それが明日に繋がっていくなら、尚更だ。

そんな彼女の今後に幸あれ。

俺はシスターたちに見つからないうちにその場を後にする。家路に就くと、グリードが《読心》スキルを通して話しかけてくる。

『どうした？　柄にもないことでもやってしまったような顔して』

「うるせっ。そんなんじゃないって」

ただ少女を見ていたら、幼かったころの自分を思い出してしまっただけだ。

もうあの両親の墓がある故郷には戻れない。穀潰しとして追い出された村。できることなら、墓参りに行きたいのだけど、村には入れてもらえないだろう。

病気で死にゆく父親が俺の手を握りながら、今後の俺の人生を最期まで心配していた姿が忘れられない。俺は父親に胸を張れる生き方をしてこられたのだろうか。

「まだ、道は遠いなって思っただけさ」

『それはそうだ。お前はまだ始まったばかりだ。言っておくが、お前の歩む道のりは長いぞ』

「まあ、まずはロキシー様のところで再就職しないとな。彼女の父親に会わないといけないので結構緊張する」

『ハハハッハ、今から緊張してどうする。会うのは明日の正午なのだろう？』

「相手は王都でも五本の指に入る名家の当主なんだぞ。俺からしたら、雲の上……さらに上の人なんだからな。お前は気楽でいいよな」

『そりゃそうだ。俺様は武器だからな』

はいはい、グリードみたいな無機物にはわからないだろうさ。長年に渡って染み付いた聖騎士への恐れは、なかなか払拭できるものではないのだ。

暴食スキルで強くなれると知った今でもそれは変わらない。ロキシー様の父親なら、きっといい人なのだろう。それでも、面と向かって会うってなるとやっぱり緊張で身構えてしまう。

ふぅ～、疲れているのかな。今日は早く寝よう。

いろいろあり過ぎたんだ。ゴブリン討伐から誘拐犯退治まで一日でやってしまった。

きっとその疲れによって、いらないことを考えてしまっているのだ。もっとロキシー様を信頼するべきなのに、それができないなんて最低すぎる。

俺はボロ家のドアを開けると、倒れるように藁で作ったベッドに飛び込んだ。

やっぱり疲れていたんだ。意識はあっという間に遠のいていった。

＊

次の日、俺は昼前まで爆睡してしまい、慌てて起きるハメになった。すぐに身支度を済ませて、ロキシー様が待つ聖騎士区の入り口へ急いだ。

聖騎士区は他の区画と違い、周囲を高い塀で囲まれている。まるでここにもお城があると錯覚するほどだ。

門番へ名前を告げると、すんなりと中へ通される。前もって、ロキシー様が手配してくれていたようだ。

本人かどうかは、当人の確認が必要だという。そのため、二人の兵士が俺の両サイドを挟むようについてくる。これではまるで俺が悪いことをして、連行されている気分だ。

案内された屋敷は、さすがこの王都の五大名家の一角だけはある。

歩いて来る途中に見てきた屋敷など、目ではない。大きすぎて考えるのもアホらしくなってしまうくらいだ。

横についていた兵士の一人が敷地に入り、庭を越えていく。

しばらくすると、白いドレスを着た女性を伴ってきた。きれいな人だ。

「来てくれましたか。待っていましたよ」

その声で初めてロキシー様だと、気づいた。いつも門番の交代でしか会ったことがないので、白い軽甲冑を着た姿しか知らない。ドレスを着た彼女は全くの別人に見える。それくらい、美しかった。

本人確認が終わり、兵士たちは辞していく。

二人っきりになり、たぶん俺が口を開けて間抜けな顔で彼女を見ていたからか、

「どうしました？」

ロキシー様は不思議そうに聞いてくる。

「あまりにもロキシー様がおきれいなので、その……見入ってしまいました。すみません」

するとﾞ彼女は頬を赤くして、軽く咳払いをする。

「た、たまにはドレスも着てみるものですね。あなたこそ、見違えましたよ。さあ、こちらへ」

大きな屋敷だというのに、とても静かだ。使用人の姿は見えず、なにか静まり返っているようにも感じる。

よく手入れされた芝生を眺めながら、ロキシー様の後を歩く。本当に静か過ぎる。聞こえてくるのは吹き抜ける風の音だけだ。

寂しさが漂うような背中の後を追う。

屋敷の前までやって来て、右に曲がる。あれ？　中に入らないのか？

聞こうにも、聞ける雰囲気ではなかった。

それから少し進んでいき、ようやくこの寂寞とした空気の正体を知ることになった。

「これって……」

俺はそれ以上言えなかった。

そんな俺を見て、ロキシー様は優しく微笑む。

そして、腰を下ろして冷たそうな墓石に手を当てると、

「父上、今日から彼を雇うことにしました。これでハート家もまた賑やかになりますよ」

未だに状況を飲み込めない俺に、ロキシー様は言う。

「五日前に父上は、ここより南方にあるガリアで亡くなりました」

「ガリアって」

たしか、魔物に占領された大陸だ。それも、王都周辺にいる魔物なんて比べ物にならないくらい強いと言われている。

聖騎士はそこから王国へ進行してくる魔物を抑え込むのが、もっとも重要な役目だ。そのために、高い地位とあり余るお金を王国から賜っている。

だけど、王国の五大名家の当主が亡くなるほどの魔物とは正直、考えられない。

ロキシー様は俺の不安を読み取ったかのように言った。

「死因は魔物ではありません。ガリアには、あれもいますので」

そう言われて、俺は一つだけ思いつく。洪水、地震、津波などと一緒に扱われる存在。

生きた天災――天竜だ。どのような力をもってしても、あれを止めるすべはないという。あまりの強さに、人によっては神の御使いとか言って信仰の対象にしている。

もし、狙われたら最後、死を覚悟しなければならない。

「父上が率いていた軍は全滅したそうです。まさか天竜が巣からあれほど離れた外縁までくるとは、ここ数千年間、一度も記録されていませんでしたから」

天竜の巣はガリアの中心に位置している。そして、ガリアの国境線まではやって来ないという。でもそれが裏切られたのだ。ついてなかったと言えば、それまでだ。

しかし、残された者たちがそれで納得できるのとは別の話だろう。

「今日の午前中にやっと一区切りついたのですよ。父上のお葬式やらなにやらで、てんこ舞いでした。家督も継ぎましたので、晴れて私がハート家の当主です」

こんな時なのに胸を張ってみせる彼女に、俺はただひたすら頭を下げるのみだった。

全然、気づけなかった。門番交代の時、彼女の顔はいつも通りに見えていたのに、裏でそんなことが起こっているなんて、これっぽっちも知らなかった。

そんな状況なのに、ロキシー様は俺のことまで考えてくれて、ここに呼んでくれた。

なのに俺はロキシー様の父親に面接されると思って、自分の力をどう誤魔化すべきか……なんて考えていた。

ロキシー様、ごめんなさい。俺は……。

「そんな顔しないで、共にハート家を盛り上げていきましょう。お願いできますか？」

「はい、喜んで」

俺はその日、ハート家の使用人になった。

第7話　飢えに溺れる

ハート家で住み込みの使用人を始めて、一週間がもうすぐ過ぎようとしていた。

屋敷に来た初めの頃は、黒剣グリードに向かってブツブツと喋っていたので、周りからは危ないやつに見られてしまうという、失態を演じてしまった。

しかし、ハート家の使用人たちは皆いい人で、そんな俺でも受け入れてくれた。

平穏な日々といっても、覚えることがたくさんあるため、屋敷から出る暇もないくらい忙しい。

料理、洗濯、掃除……いろいろやってみて、一番肌にあったのは、庭師だった。

とても広い庭の芝生の手入れは、かなり根気のいる作業だ。絶えず生えてくる雑草を抜いたり、たまに芝生の高さを揃えたりする。

庭師の師匠三人に教えてもらいながら、なんとかこなしている。そして上達すれば、次は庭木の手入れをさせてもらえるという。いつかはあの正面門にある極太の木を剪定(せんてい)したいものだ。

人に必要とされる仕事にはやりがいを感じるもので。

俺は休日を返上して、のめり込んでいった。

そして、仕事の後に使用人たちとテーブルに並んで食べる料理には、なんと肉が入っていたのだ。

俺はそれを見て手が震えた。なんせ、この前に大奮発して五年ぶりの肉を食べたばかりなのに、立て続けに食べるとは思ってもみなかったのだ。緊張して当たり前だろう。

栄養状態が改善したことで、ガリガリだった俺の体は、あれから少しだけふっくらとしてきたと思う。

ああ、それとロキシー様がお城での職務から帰ってくると、空いた時間をつかって俺とお茶を飲んでくれるようになった。正直、聖騎士様と一緒にする会話は……思いつかず。

ロキシー様が一方的に話しかけてくるようになってしまっている。

しかし、彼女は楽しそうなので、良しとするしかない。

ラーファルたちの代わりに日雇いで門番をしていた時と比べたら、天と地の差がある。

もちろん、ロキシー様の方が天国だ。あっちは奈落だな。

こんなに幸せすぎたのがいけないのだろうか……最近、体の調子がとても悪い。空腹感が際限なく大きくなって、抑えきれなくなるのだ。これはもう飢えといって良いくらいだ。

そう、今も疼いている。

「フェイ、どうしたんですか？」

ティーカップを皿に置きながら、ロキシー様は心配そうにこちらを見てくる。

恒例になってしまっている二人っきりの茶会の真っ最中だ。その時だけ、彼女は俺をフェイと呼ぶ。

愛称で呼ばれるのは父親以来なので、かなり照れくさい。しかし、俺の主様がフェイと呼びたいそうなので、半ば無理やりに押し切られてしまった。

このことを黒剣グリードに相談したら、「知るかよっ、自分で考えろ」と鼻で笑われる始末だ。なので、俺はロキシー様からフェイと呼ばれるたびに、悶々とした気持ちを抱えてしまっている。

「なんでもないです、ロキシー様」

俺は、この茶会で飢えとロキシー様への気持ちを抑え込むという二重苦に陥っている。

「そうですか……でも、やはり顔色悪いですよ」

俺の異常なほどの空腹を風邪でも引いてしまったとでも思ったのか。彼女は俺の額に手を触れようとする。

だが、俺はそれを手で制した。触れられると読心スキルが発動してしまう。見境なくロキシー様の心を覗(のぞ)きたくなかったのだ。

「いや、本当に大丈夫ですから！」

逃げるように席から立ち上がろうとした時、空腹からくるめまいで意識が遠のいてしまい、床に倒れ込んだ。

今日はいつもよりも、激しい飢えに襲われていたからだ。身内にある暴食スキルが蠢いているのを感じる。俺の意識はゆっくりと闇に飲み込まれていった。

微かにロキシー様が俺の名を呼ぶ声が聞こえてくる。そして、最後は何も聞こえなくなった。

＊

目を覚ましたら、そこは屋敷で俺に宛がわれた自室だった。

藁で作った簡易ベッドとは違う、綿がしっかりと詰め込まれた柔らかなベッド。そんな贅沢(ぜいたく)な代物の上に俺は寝かされていた。

どうやら、ロキシー様との茶会の席で、暴食スキルからくる飢えに耐えきれずに失神してしまったようだ。今は、あの耐え難い疼きが収まっているから、だいぶ気分は楽だ。

時刻は夜。それも窓から見える月の位置から深夜だとわかる。

ふと、月明かりに照らされた棚の上に、メモが置いてあるのを発見する。


【明日は、仕事を休んでしっかりと休養をとりなさい。ロキシーより】


ロキシー様に心配をかけてしまったようだ。まあ、目の前で倒れ込んだのだから、当たり前だろう。次に顔を合わせたら、折角の茶会を台無しにしたことを謝らないといけない。

ため息をつきながらベッドに座って、横に立て掛けてある黒剣グリードを手に取る。

「なあ、グリード。空腹感が日に日に増していくんだ。昔なら我慢できる程度で、こんなことはなかった。どう思う？」

それを聞いたグリードは高らかに笑いながら言う。

『今更だな。もう、賽は投げられたんだぜ』

「どういうことだ？」

『暴食スキルが一度魂の味を知ったら、もうやめられない。もっと喰いたいとお前を促すんだ』

それが、この尋常ではない飢え……飢餓状態だという。

有能なスキルだと見直していたのに、代償はちゃんと存在した。

揺らぐ俺に、グリードは続ける。

『魂を喰えば喰うほど強くなる。そして喰えば喰うほど魂を欲するようになる。それが、このスキルの特性だ。お前は死ぬまで、強くなり続ける業を背負ったのだ。もう途中で降りることなど許されない。できなければ、餓死するか、自我が保てなくなり誰かれ構わず襲うようになる』

「そんな……ことは」

極度の空腹。耐えきれなくなったら、餓死するか、それとも……って、後者の話が恐ろしすぎる。それでは、まるで化物じゃないか。

もし、日中の茶会で自我が保てなくなって、ロキシー様に襲いかかっていたら……そう思うと、ゾッとする。

『いいことを教えてやる。限界に達したら目に出るんだぜ。鏡を見てみろよ』

俺はグリードに言われるまま、部屋に備え付けられている大鏡を覗く。そこに映し出されていたのは、忌避（きひ）したくなるくらい真っ赤な瞳だった。

元々の瞳は黒色。それが鮮血に染められている。

『もう、お前は限界なんだよ。ここでのんびり使用人ライフを楽しむのもいい。だが、やるべきことを忘れるな。もう一度いう、賽は投げられたんだ』

暴食スキルが、俺の意思とは無関係に魂を求める。飲み物を飲み干しても、食べ物を食べ尽くしても、収まることのない飢え。

満たすためには、一つしか選択肢がなかった。そして、求めれば求めるほど、泥沼に沈んでいくしかないという。

今、俺の飢えが限界なら――行くしかない。やっと手に入れた、この平穏な日々を手放したくない。

月明かりが差し込む部屋の中で服を着替えて、黒剣グリードを携える。そして、ひと目を忍んで、俺はハート家の屋敷を飛び出した。飢えを満たすために……。

第8話　飢餓ブースト

聖騎士区の大通りを走り抜け、区画を遮る大門の前までやってきた。

飢餓状態になると、恐ろしいくらいに五感が鋭くなるようだ。たとえば、夜なのに昼間のように夜目がきいている。

それに嗅覚も……なんというか、うまそうな人間を嗅ぎ分けられてしまうのだ。少し離れた位置に立っている門番が二人。

うまそうなのは、右の体格の良い男だ。試しに《鑑定》スキルで二人のステータス・スキルを比べたら、やはり右の男が勝(まさ)っていた。

つまり、この嗅覚は強者が持つ力をうまそうな匂いとして嗅ぎ分けるのだ。

おそらく、魂を欲する暴食スキルによって、基礎身体にブースト効果を発揮させているのだろう。

が……しかし……苦しい。今もまた目もくらみそうなほどの飢えが周期的に襲ってくるからだ。

早く、先に進まねば。おかしくなって、あの門番に喰らいついたら大変なことになってしまう。

今の俺はハート家の使用人なので、通行用の証文を持っている。これを、出るときも入るときも、門番に見せる決まりになっているのだ。もし無くしてしまったら、門番に通してもらえないので、落とさないように気をつけなければならない。

「どうも、お疲れ様です」

愛想笑いをしながら門番に近づく。こんな深夜に聖騎士区から出ようとしているのだ。少しでも、怪しまれないようにしたかった。しかし、懐から出した証文を見せようとさらに近づいた瞬間、

「ヒィッ」

門番の男がたじろいで、俺から一歩離れる。なぜだか俺を見て、引きつった顔をしている。

異変を感じたもう一人の門番がやってくるが、全く同じ反応をする。

そして、二人ともが硬直して動かなくなってしまった。

なにかまずい雰囲気だ。

俺は急いでそんな門番たちに証文の内容を一方的に見せると、商業区へ急いだ。

どうして二人が固まってしまったのか、気になっているとグリードがさも当然のようにいう。

『あいつらはお前の瞳に見られて、蛇に睨まれた蛙のようになったのさ。赤い瞳にはそういう力がある。お前のステータスより格下なら、怯んで動けなくなる。まあ、飢餓状態の時、暴食スキルが効率よく魂を喰うための一時的な力だ』

「さっきの門番たち、俺のことを怪しまないかな」

『あいつらは初めて目にしたんだ。何をされたかわからずに、ただおっかねえ奴くらいに思っているだろうよ。その後、赤い瞳を見せなければ、深夜の門番仕事で疲れていたから、おかしなものを見てしまった、気のせいだったとでも思うさ。お前がそうして、気にして態度に出したら、逆に怪しまれるぞ』

確かに一理ある。そう思って、堂々たる歩みで商業区内を進んでいると、甘美な香りがしてきた。この上なくうまそうな匂いだ。

誘惑に負けて、少しだけ寄り道とばかり、大通りから脇道に入る。そして物陰からその元凶を静かに探してみる。

かなり離れた道の先に、姿をフード付きの黒い外套で隠している三人が歩いていた。

鑑定スキルで何者かを調べようとしたが、距離が遠すぎて発動しない。

次の瞬間、ちょうど月明かりが差し込み、黒い外套の三人のうち一人の顔が見えた。

「⁉」

俺は息を呑む。なんで、こんな時間にあいつがいるんだ。間違いなく、あの憎たらしい顔はラーファルだ。そうなると、横を歩く長身は次男のハド。小柄なやつが末の妹のメミルだろう。

彼らは俺が後をつけているのも知らずに、商業区のＶＩＰ専用の高級店へ入る。

ここは聖騎士のような地位が高い人間でないと入れない。嫌な胸騒ぎを感じながら、物陰から様子をうかがっていると、またしても黒い外套を着込んだ連中が店に入っていく。

匂いからわかる。あいつらは全員が聖騎士だ。間違いない。

こんな夜更けに、どんな会合をするつもりなのか？　人目を避けている段階でろくなことではないだろう。

気になって、俺はしばらく店の様子を見張っていた。だけど、窓のカーテンがすべて閉め切られているので、中で何が起こっているのかわからない。

ぐぅぅぅぅ……。

そうこうしていると、特大の腹の虫が鳴ってしまった。

気になって仕方ない。しかし、今の俺には急を要する目的がある。そろそろ、飢えが本格的にやばそうなのだ。後ろ髪を引かれながら、俺はその場をあとにした。

商業区にある外へ出るための南大門は、日中と打って変わって静まり返っている。あれほど盛んに往来があった荷馬車はいない。その代わり、門の前付近に武人たちがたむろしていた。

誰もが見るからに、熟練の武人と思わせる装備を身につけている。前回の早朝ゴブリン狩りで訪れた時とは打って変わって、武人のランクが上がっているのがわかる。

すごい威圧感を感じる。

『奴らの目的はナイトハンティングだ。今日は月明かりが強くて、いつもよりも視界を取れるからな。それに魔物だって睡眠をとる。だから同族の魔物を倒し続けると発生する、あのヘイト上昇が起こりにくい。寝込みを襲って、大量に魔物を倒せるってわけだ』

「なるほど」

普通の武人なら、絶対にやらない夜の狩り。しかし、腕に覚えがある熟練者なら、多くのお金を稼げる有効な狩りなのだ。

俺はグリードの説明に納得しながら、その集団を横切っていく。すると、一人の無精髭の男に声をかけられた。

「おい、お前。見ない顔だな。そんな貧弱な装備で狩りに行く気か？」

「そうだけど」

俺がそう答えると、そいつは夜中にもかかわらず、大声を出して笑いだした。

「おい、みんな聞いてくれ。ここに救いようのないバカがいるぞ！」

目立ちたくないってのに、ぞろぞろと厳つい顔をした武人たちが集まってきた。

皆がニヤついた顔で俺を舐めるように見てくる。

「お前、そんな恰好でこんなところにノコノコ来るってことは、相当お強いんだろうな」

失笑しながら言ってくるので、思っていることは真逆だろう。お前みたいなゴミがなんで、ここに来ているのかとでも言いたいのだ。

「レベルはいくつだ。言ってみろっ。笑ったりしねぇから」

「もういいだろ、先を急ぐんだ」

飢えが限界なんだよ。彼らを無視して振り切る。こいつらは俺の赤目を見ても、怯まない。

ということは、ステータスは俺よりも上なのだろう。鑑定スキルでいちいち確認する気さえしなかった。

門の外に出て行く俺の背中に、熟練者の武人たちの声が突き刺さる。

「聞いたかよ。あいつ、言えないってことは低レベルなんじゃねぇ。まじかよ。これだから初心者ってのは始末に負えないんだ」

「もしかしたら、俺達のパーティーに入れてもらおうとしたんじゃねぇ」

「ああ、それだわ。でも、入れてやらねぇけどな」

「おーい、ゴミレベルの僕ちゃん、戻ってきなよ。運が良ければ、誰かがパーティーに拾ってくれるかもよ」

「俺のところは無理だぞ」

「ああ、俺もいらねぇわ」

「だな！　ガハハハッ」

好きなだけ言えばいいさ。どうせ、俺は暴食スキルのせいでパーティーは組めない。

だから俺は俺のやり方で、お前たちよりも強くなるだけだ。

第9話　貪り喰う

俺はひたすら、夜のゴブリン草原を駆け抜ける。

そして、茂みをかき分け、眠るゴブリンを見つける度に黒剣グリードで、その首を飛ばした。

《暴食スキルが発動します》

《ステータスに体力＋30、筋力＋40、魔力＋10、精神＋10、敏捷＋30が加算されます》

この無機質な声をもう幾度となく聞いた。

まだ足りない。もっとだ。こんなものでは俺の飢えはおさまらない。

だが、王都からここまで走りっぱなしだった。呼吸を整えるために、立ち止まって一息つく。

雲一つない空に満月が天高く昇り、さっき倒したゴブリンの死体を照らし出す。

本来の狩りなら、討伐賞金をもらうために、証拠として両耳を切り落とす。しかし、今の俺にそんな余裕はない。呼吸が落ち着くと死体を跨いで、次なる獲物を求めて走り出す。

ん？　草原を疾走する俺を追いかけてくる足音が聞こえる。

いや後ろだけでない、前からも、横からも、草を踏む足音が近づいてくる。かなりの数だ。

どうやら、ここら一帯を重点的に駆け巡りながら、ゴブリンたちを狩っていったことが災いしたようだ。狩り漏らしたゴブリンが目を覚まし、自分たちに危害を加える俺を排除しようと、徒党を組んだというところか。

奴らの気配を感じながら、俺は比較的茂みの低い場所を選んで立ち止まった。

すると、少し遅れて俺を追っていた足音は、次々と聞こえなくなる。

見渡せば、ゴブリンたちが俺を取り囲んでいた。

ざっと50匹といったところか、もしかしたらまだ多いかもしれない。今は夜目が利くので、ゴブリンたちの様子も手に取るようにわかる。

相手はお馴染みのゴブリン・ファイターとゴブリン・ガード。

黒剣グリードをもってすれば、あいつらが装備している剣や盾ごと両断できる。

そして、いくら数を増やしてゴブリン特有の物量作戦に打って出ようと、飢餓状態にある俺の敵ではない。

この赤眼に睨まれたら、ステータスが格下のゴブリンたちは途端に身動きが取れなくなってしまうからだ。視線を絶えず周囲のゴブリンたちに送り、動きを止めながら、1匹ずつ確実に狩っていく。

異変に気がついたゴブリンが逃げようとするがもう遅い。

お前らは囲い殺そうと思っていたようだが、俺からしたらまとまってくれるのでとても狩りやすい。

そして、俺は最後の1匹を斬り捨てる。他の死体と折り重なるように、倒れ込むゴブリン。

《暴食スキルが発動します》

《ステータスに体力+40、筋力+20、魔力+10、精神+10、敏捷+10が加算されます》

ふぅー。少しだけ落ち着いてきた。

鏡のように磨かれた黒剣グリードの剣身を使って、自分の顔を映してみる。

まだ赤眼だ。

「結構喰ったけど、飢餓が解除されないか……」

ゴブリンを100匹以上は倒したはず。なのに飢餓状態が続行中。

俺は焦りながら、グリードに聞く。

「どのくらいで解除されるんだ？」

『うむ。この調子なら、ゴブリン程度ではまだまだ満たされなそうだな。上位種のホブゴブリンを狩るべきだろう』

グリードの提案をのんで、俺はゴブリン草原から、西の森へと入っていく。

ここは、通称ホブゴブの森。草原で力をつけたゴブリンが、ホブゴブリンへ進化するとこの森に暮らしはじめるという。

ホブゴブリンには三種類いる。ホブゴブリン・ファイター、ホブゴブリン・ガード、ホブゴブリン・アーチャー。

ファイターとガードについては、ゴブリンの時と同じように対応すればいいらしい。

問題はアーチャー。数は少ないが茂みに潜み、離れた位置から弓矢を飛ばしてくる。厄介なのは鏃（やじり）に糞尿（ふんにょう）を塗っており、当たってしまうと感染症を引き起こして大変危険だ。王都の武人たちは、そんなホブゴブリン・アーチャーのことを糞アーチャーと呼んで恐れている。

これらの情報は、ハート家の使用人仲間で若い頃に武人をやっていたという人がいて、食事中にいろいろ教えてもらったものだ。大半は彼の武勇伝――自慢話だったが、結構面白くて聞き入ってしまった。

そんな彼に感謝しつつ、警戒を怠らず森を進んでいく。

ホブゴブリンも夜行性ではないので大騒ぎしない限り、ぐっすりと寝ているはずだ。

要はゴブリンと同じように寝込みを襲えばいい。

ほら、いたぞ。大木に寄りかかって寝ているホブゴブリンは俺くらいの身長だ。体格は俺なんかよりも遥かに筋肉質でがっしりとしている。

夜なので肌の色はわかりづらいが……やはりゴブリンの上位種だけあって緑っぽかった。

《鑑定》スキルを発動。

ホブゴブリン・ファイター　Lv12
体　力：230
筋　力：340
魔　力：110
精　神：110
敏　捷：230
スキル：両手剣技

ホブゴブリン・ファイターか。足元に置いてある大きな剣を振り回して攻撃してくるのだろう。スキルもあつらえむきに、両手剣技だ。

ステータスは気にするほどではない。

静かに近づいていくと、おっと大木の裏側に、もう1匹。

立て掛けてある盾で予想できるが《鑑定》しておこう。

ホブゴブリン・ガード　Lv12

体　力：440
筋　力：220
魔　力：110
精　神：110
敏　捷：110
スキル：体力強化（中）

おお、体力強化（中）を持っているではないか。前回俺が予想していた通り、ステータス強化系には段階があるようだ。（小）ときて（中）なら、流れから（大）は確実に存在する。
俺は確認を終えると、まずは眠っているホブゴブリン・ガードの首を切り落とした。熟睡したまま死ねたのだ。苦しまずに逝けたはずだ。
《暴食スキルが発動します》
《ステータスに体力＋４４０、筋力＋２２０、魔力＋１１０、精神＋１１０、敏捷＋１１０が加算されます》
《スキルに体力強化（中）が追加されます》
さて、残った1匹を……ああ、起きてしまったか。
首を斬った音で目を覚ましたホブゴブリン・ファイターが異変を感じて、声を出そうとする。仲間を呼ぶつもりだろう。
そんなことをさせるわけがない。俺はその黄ばんだ歯が並ぶ口に黒剣グリードを突き刺す。
《暴食スキルが発動します》
《ステータスに体力＋２３０、筋力＋３４０、魔力＋１１０、精神＋１１０、敏捷＋２３０が加算されます》
《スキルに両手剣技が追加されます》

ホブゴブリンは、ゴブリンに比べて空腹がより満たされていくような感覚だ。

こんなことならゴブリンの相手をせずに、森に入ってホブゴブリンに直行すればよかった。

未だ飢えを感じながら、自身の現状ステータスを知るために《鑑定》スキルを使う。

フェイト・グラファイト　Lv1
体　力：8041
筋　力：8011
魔　力：2501
精　神：2501
敏　捷：5591
スキル：暴食、鑑定、読心、隠蔽、片手剣技、両手剣技、筋力強化（小）、体力強化（小）、体力強化（中）

まだまだ、夜は長い。俺は次なる獲物を探して森を徘徊（はいかい）する。

第10話 第一位階

いい寝顔だ。そして、さようなら。

ホブゴブリンをまた1匹、黒剣グリードで斬り伏せる。

《暴食スキルが発動します》

《ステータスに体力＋440、筋力＋220、魔力＋110、精神＋110、敏捷＋110が加算されます》

これで45匹目。おおおっ⁉

とたんに、体中が満たされていく。あれだけ、喰いたくて喰いたくて仕方なかった衝動が、潮が引くようにすうっと消え失せる。

やっと飢餓状態から解放されたのだ。ホッと一息つきながら薄暗い森の中、近くの大木へ寄りかかった。

『フェイト。休むならば、この木の上に登っておけ。稀に夜中に起きて歩き回るホブゴブリンがいるかもしれん。飢餓状態での身体能力ブースト効果が切れている。匂いによる魔物探知も、夜目が利く赤眼もないからな』

「そうだな、よっと！」

グリードの言うとおりに、寄りかかっていた木によじ登り、大きな枝に腰掛けた。

「ここで身を潜めておけば、大丈夫そうだな。それにしても、飢餓が収まるまで、かなりの魔物を倒さないといけないんだな」

『そういうことだ。飢餓状態は、場合によっては頭がおかしくなって、誰かれ構わず襲ってしまうくらいだ。そう簡単には解除できないぞ。それが嫌なら、定期的に魔物を狩って、暴食スキルに魂を喰わせることだ』

「ああ、そうするよ。こんなに飢えるなんて、二度とゴメンだ」

俺は太枝の上に寝転んで、しばしの休憩を始める。

所々で枝葉の間から、月明かりが差し込む森。湿って、少しだけひんやりとした感じが、動き回って疲れた俺にとっては心地が良い。

下の地面を眺めていると、たまにホブゴブリンが通り過ぎていく。夜行性でないとはいえど、見回りか何かで、夜中も活発に動いている個体もいるようだ。

グリードの助言に従っておいてよかった。

そして、休憩も終わって下に降りようとした時、地面を僅かに震わせながら何か、大きな物が近づいてくる。

足音が大きくなるに連れて姿を現したのは、大きなゴブリンだった。俺の身長の二倍以上ある。肌の色はおそらく青緑色だろう。

手にはこの森の大木から削り出したと思われる不恰好な棍棒(こんぼう)を握っている。

「⁉」

その棍棒が月明かりに照らされた時、思わず顔が引きつった。

べっとりと、血肉がこびりついているのだ。

さらに反対側の手に握られているものを見て、気持ち悪くなってしまう。

おそらく、あの棍棒で何度も叩かれたのだろう。原形をとどめていないが、あれは人間だったものだ。

普通の人間がこんな深夜にホブゴブの森を訪れることはない。だから、引きずられている死体は、ここへ来る前に商業区の外門で会った熟練武人の誰かだろう。あんなに偉そうだったのに死んでるじゃないかっ！

それにしても、夜間の危険な狩りに慣れているはずの熟練武人が、あんな有様になっているのだから、あの大きなゴブリンは相当な手練(てだれ)ということだ。

俺がいる木の下を通り過ぎていく。
気になる大きなゴブリンの強さを《鑑定》スキルで調べる。

ゴブリン・キング　Lv30
体　力：21000
筋　力：24000
魔　力：5230
精　神：4560
敏　捷：11200
スキル：自動回復

ゴブリン・キング!?　あれがそうなのか……。
ハート家の使用人仲間が言っていた。ゴブリン・キングはここら一帯のゴブリンたちのボスみたいな存在で、めちゃくちゃ強いという。森に数匹しかいないため、エンカウント率はとても低いが、出会ってしまえば死を覚悟しないといけない。もちろん聖騎士ともなれば簡単に倒せる魔物。しかし、平凡な武人は一撃で即死だとか……。

確かにステータスなんか、ホブゴブリンと比べたら桁が違う。

スキルも有用そうだ。自動回復を《鑑定》してみる。

自動回復：一定時間ごとに傷が治っていく。致命的な傷は治らない。

おおおおっ、良いスキルだ。これがあれば、多少怪我をしても戦い続けられる。

欲しいっ！

今の俺のステータスならやって殺れないことはない。どうするか悩んでいては、あのゴブリン・キングは森の奥深くへ行ってしまう。

とても数の少ないレアな魔物だ。もっと強くなってから挑もうと思っても、見つからないのでは本末転倒だ。

よしっ、決めた。

俺は大木から静かに降りると、ゴブリン・キングの後を追いかける。

この森の王者だけはある。悠然たる歩みで進んでいく様は圧巻だった。

ゴブリン・キングの近くにはホブゴブリンが全くいない。足音を察知して、逃げ出しているのだろう。

我が物顔で歩く奴が辿り着いた先は、森をまんまるに刳り抜いたかのような小さな花畑だった。中央に一本だけ枯れた大木がある。

それに寄り掛かるように座って、手に持っていた棍棒を地面に置く。

クチャクチャ……。嫌な咀嚼音。木々に潜む俺の方まで聞こえてくる。

ゴブリン・キングは倒した武人を食べているのだ。それもうまそうに。

時折、ボリボリと骨を噛み砕く音も耳に届く。

うぇ……と吐き気を催していると、グリードが言う。

『何を当たり前のことにビビっているんだ』

「……だってさ」

『お前は魔物に殺された者がどうなるか、わかっているだろう。ああやって、美味しくいただかれるんだ。魔物にとって人間はご馳走らしいからな。特に人間の子供が……』

「わかった、もういい。知っていたさ。だけど、初めて見たんだ」

魔物は人を食べる。それはわかっていた。だけど、頭で空想して理解するのと、実際に目にして理解するのとでは全く違う。

あんな生々しい食事を見せつけられると、思ったよりもショックが大きかった。

しばし心を落ち着けて、再度ゴブリン・キングを見据える。もう、大丈夫。

未だに食事に夢中のようだ。

挑むなら、死角である後ろからいくのが定石だろう。

開けた場所にある花畑ということもあり、身を隠す障害がないからだ。

ゴブリン・キングの様子をうかがいながら、木から木へ姿を隠しながら進む。

そして、真後ろに回り込んだ。腰掛けている枯れた大木が邪魔をして、ゴブリン・キングはそこからはみ出した肩しか見えない。

『ここからはゆっくりと行け』

「ああ」

細心の注意を払い、花畑に踏み入っていく。

相変わらず、ゴブリン・キングは食事に忙しいようだ。

緊張で心拍数が上がるけど、呼吸は静かにそっとを心がける。

とうとう枯れた大木までやってくるのに成功。この裏から咀嚼音が近くに聞こえる。

『フェイト、やっちまえ！』

《読心》スキルを通して、聞こえてくるグリードの声を合図に、大木からはみ出している右肩に、黒剣を振り下ろす。

ギャアア――――ッ。

やった。あの丸太のような右腕を切り落としたぞ。

先制攻撃の成功で安堵してしまう俺に、グリードが注意を促す。

『奴はまだ死んではいない。早く後退しろ！』

バックステップで後ろに飛び退くと、ゴブリン・キングが棍棒を振り上げて、枯れた大木ごと俺がさっきまでいた位置に叩き込む。

その威力は地面が大きく陥没して、石つぶてがいくつも飛んでくるほどだ。

あれが命中していたら、おそらく死んでいた。

「危なかった。助かった」

『安心するのはまだ早い。来るぞ』

右腕をなくして大量に出血しながらも、ゴブリン・キングは咆哮すると、残された手で棍棒を振り上げる。

また躱すべきかと思った時にグリードが、

『俺様を信じろ。あんな棍棒くらいたわいもない』

「それならっ！」

俺はグリードを信じて、踏み込んで一閃。ゴブリン・キングの棍棒が手元から切り落とされていく。

すごい切れ味だ。このまま一気に畳み掛けてやる。

さらに続けて、飛び上がりながら黒剣を振り上げた。

ギャアア――――ッ。声を上げながら、ゴブリン・キングは膝をつく。

残された左手も斬り飛ばしたのだ。

満身創痍(そうい)となっても俺を睨みつける奴の顔に、黒剣を突き刺していく。

ズブズブと嫌な感覚が手元から伝わってきたが、構わず押し込む。

そして引き抜いて、剣身についたゴブリン・キングの鮮血を振り払った。

《暴食スキルが発動します》

《ステータスに体力+21000、筋力+24000、魔力+5230、精神+4560、敏捷+11200が加算されます》

《スキルに自動回復が追加されます》

ほとんど同格の相手との戦い。今までの魔物狩りに無い緊張感があった。もしかしたら死んでしまうのではないかという感情が絶えず戦いの中で渦巻いていた。

だから、戦いに勝って生き残ったという達成感は今まで以上に大きい。

これも魔物狩りの一つの醍醐味(だいごみ)なのかもしれない。

緊張の糸が切れて、その場にへたり込む俺にグリードは言う。

『よくやった。これでステータスがいい感じに溜まったな。これなら、俺様の第一位階を開けよう』

「第一位階？」

『俺様の新たな姿だ。俺様は使用者のステータスを贄としていただくことで、形状を増やせる。どうする？　やってみるか？』

「どのくらいのステータスが必要になるんだ？」

『俺様と出会ってからが起点になる。そこから得た力をすべて寄越せば、俺様は第一位階に目覚めることができる』

　つまり、せっかくここまで強くなったのに、黒剣グリードを強化するためには、こいつと出会ったスタートラインに戻らないといけないわけか。

　さらに聞いてみると、第一位階は今のステータスくらいでいいが、第二位階、第三位階……と進むごとにより多くのステータスを捧げないといけないという。

　極めつけは使用者の特殊な精神状態がトリガーとなり、位階解放を選ばなければグリードの使用資格を失ってしまうことだ。そう、今ここでグリードを強くするか、手放すか選ばなければならないのだ。

「今しかないか……」

『そうだ。俺様の使い手となった以上避けられない。お前が暴食スキルの飢えから逃れられないようにな』

まったく、どれだけ力を吸うつもりだとグリードに聞いたら、『俺様は強欲だから、ほぼ根こそぎ派なんだ』と返ってきた。

『お前だけ強くなるのか、俺様も強くして共に歩むか、選べ！　言っておくが、強くなった俺様はお前を後悔させないぞ』

まあ、今更考えるまでもない。俺の相棒はグリードだけ。ともに強くなれるなら、この上なく頼もしい。

「わかった。やってくれ」

『そうこなくては、ではいくぞ！』

俺の了承は契約となったのか、黒剣が光り始める。同時に体の中でみなぎっていた力が失われていくのを感じた。

そして光が収まると、手にしていたのは黒弓だった。

『これが俺様の第一位階の姿、タイプ：魔弓だ。これからは片手剣と魔弓の二種でお前の力になろう』

俺は《鑑定》で自身のステータスを見る。

確かに贄として捧げた後のステータスは以前にグリードと出会った時のものへと戻っていた。

フェイト・グラファイト　Ｌｖ１
体　力：１２１
筋　力：１５１
魔　力：１０１
精　神：１０１
敏　捷：１３１
スキル：暴食、鑑定、読心、隠蔽、片手剣技、両手剣技、筋力強化（小）、体力強化（小）、体力強化（中）、自動回復

第11話 一時の休息

優美な曲線を描く黒き大弓。だが、見た目とは裏腹に手に持った感じだと、それほど重さを感じない。

グリードはこの形状を魔弓と言っていた。

「なあ、これって矢がないけど、別途購入しないといけないのか？」

『必要ない。これは魔弓だ。魔力で矢を形作って使う。試しに撃ってみろ。おあつらえむきに、左の木々から1匹、こちらを狙っているぞ』

そういうことは早く言ってほしい。左に振り向くと、鼻がひん曲がりそうなほどの臭い矢が俺の顔を掠(かす)めていった。もし、頭を動かしていなかったら、糞矢が顔に刺さっていただろう。

こんな臭い立つ攻撃をしてくるのは、奴しかいない。ホブゴブリン・アーチャー、王都の武人には糞アーチャーと呼ばれている厄介な魔物だ。

おそらく俺とゴブリン・キングとの戦いによって、ホブゴブリン・アーチャーを呼び起こしてしまったのだろう。

一定の距離を保って攻撃してくるので、接近戦用の武器は相性が悪い敵。ステータスも弱体化しているのでなおさらだ。

そこで、今回手に入れたグリードの力「黒弓」の出番だ。

またもや、飛んでくる糞矢から逃げながら、ゴブリン・キングの死体を盾にして身を隠す。

「暗がりで、ホブゴブリン・アーチャーの正確な位置がわからない」

『問題ない。およその位置さえわかれば、魔矢は追尾して命中する。初心者でも安心の仕様だ。適当に放てば、勝手に当たる』

それなら、弓を使ったことのない俺でもできそうだ。確か……糞矢はあの木々の間から飛んできた。なら、あの奥にホブゴブリン・アーチャーが潜んでいるはず。

俺はゴブリン・キングの死体越しに、黒弓を引いた。すると、引かれた弦に番えるように黒き矢が生成されていく。これがグリードが言っていた魔力の矢か。

そして、狙い澄まさずに、いい加減に放つ。

黒矢は自身で軌道修正を繰り返しながら、ホブゴブリン・アーチャーがいると思われる木々の奥へと消えていった。
《暴食スキルが発動します》
《ステータスに体力＋170、筋力＋230、魔力＋110、精神＋110、敏捷＋350が加算されます》
《スキルに暗視が追加されます》
無機質な声が頭の中で聞こえてきた。あっけなくホブゴブリン・アーチャーを倒せたみたいだ。
それにしても、この黒弓はかなり使える。矢を撃ち落とされない限り、百発百中なのだ。
魔物によっては、魔法を使って遠距離攻撃をしてくるものもいるという。黒剣だけでは、近づくまでに蜂の巣にされてしまうので、黒弓のような遠距離攻撃ができる武器はありがたい。
俺はソロで狩りをする以上、一人でなんでもこなせないと生き残れないからだ。手札が多ければ、多いほどよいだろう。
嬉しいことにホブゴブリン・アーチャーから《暗視》スキルを得た俺は、暗がりでも昼間のように歩けるようになった。これで夜の活動も、もっとはかどるだろう。
さて、目的は達したので帰るかな。

ふと、ゴブリン・キングの死体を見ていいことを思いついた。俺はこいつの両耳を切り落とす。

ゴブリン・キングはこの森に数匹しかいないレア魔物。王都の引き換え施設に持っていけば、討伐賞金としてかなりのお金がもらえる。

もし、これを俺が持っていけば、いろいろとまずいことになってしまう。だけど、他の誰かに素性を隠して譲渡すれば……たとえば、孤児院に寄付をしたとなれば、足がつくことはないだろう。

俺がハート家に住み込む前に暮らしていたスラムには、貧乏な孤児院がある。そう、以前に誘拐されていた少女を助けて送り届けた、あの孤児院だ。

そこの割れた窓にでも、寄付と書いた袋にゴブリン・キングの両耳を入れて、投げ込めばいいだろう。飢えに苦しんだ俺からのささやかなプレゼントだ。

これで孤児院の子供たちにお腹いっぱいのご飯を食べてもらいたい。あの少女もきっと喜んでくれるはずだ。

さて、夜が明ける前にすべてを終わらせないと。

俺は静かにそっと、ホブゴブの森からゴブリン草原、そして王都セイファートへ歩みを進めた。

＊

朝がやってきた。俺はハート家の屋敷にこっそり帰宅して、自室のベッドの上にいる。

……とても眠たい。

結局、あれから徹夜になってしまった。

孤児院にゴブリン・キングの両耳を投げ込もうとしたら、シスターに見つかりそうになって大変だった。なんとか誤魔化して逃げた足で、商業区にある例の高級店の様子をうかがったりした。

ラーファルたちは既に店から出ていったようで、窓のカーテンは開けられていた。あれだけの聖騎士たちと何を話し合っていたのか、気になる。

だから、また同じ時間に張り込もうと決めている。

そのためにもしっかりと睡眠をとらないといけない。今日はロキシー様から休みを頂いているので、このまま寝てしまおう。

飢餓状態からゴブリン狩り、その他いろいろしていた俺はもうクタクタだった。

目を瞑(つぶ)ると、吸い込まれるように睡魔が襲ってきた。

トントン、トントン。

誰かが……ドアをノックする音がする。

その音で目を覚ました俺は、部屋に入ってきた人物を見て驚いた。彼女が俺の部屋にやってきたのは初めてだった。

「失礼します、体の調子はどうですか？」

ロキシー様だ。時計を見ると正午過ぎ。かなりの時間、寝ていたようだ。

彼女は白い軽甲冑を着ているので、お城での仕事の合間を縫って様子を見に来てくれたのだろう。わざわざ使用人のために、そこまでしてくれるとは……優しい人だ。

よく寝たので、溜まっていた疲れはすっかり取れている。

「はい、元気になりました」

「それはよかったです。でも、無理は禁物です。果物を持ってきたんですよ。どうですか？」

さっきからずっと手に下げていたバスケットから、お皿に載ったぶどうを取り出してみせる。大ぶりの紫色の粒がたわわに実っていた。

「これはハート家の領地で取れたぶどうなんですよ。今朝、屋敷に届けられました」

「良いぶどうですね。ロキシー様の領地では、ぶどう作りが盛んなんですか？」

ぶどうが有名なのは使用人たちから聞いていた。しかし、ロキシー様の聞いてほしそうな顔を見るに、ここは主様を立てて知らない振りをしておくべきだろう。

「そうなんですよ。だから、ワイン造りも盛んなんです。屋敷で食事のときに出されているワインは領地で作ったものです。とても綺麗なところなんですよ。そうだ、近いうち領地に戻る予定があるので、一緒に行きましょう」

「いいんですか⁉」

こんなうまそうなぶどうが育つところだ。きっと素晴らしい領地なんだろう。

ぜひ、行ってみたい。それに俺の主であるロキシー様からの誘いなら、行かないわけがない。

ベッドに二人で腰掛けて暫くの間、ぶどうを摘まんでいると、またもやドアがノックされる。しかし中には入らず、ドア越しに声だけ聞こえてくる。

「ロキシー様、そろそろ職務にお戻りになる時間です」

この声は使用人仲間で一番偉い――上長さんだ。妙齢の彼女はロキシー様の秘書も兼ねている。普段は優しい人なのだが、時間にとても厳しいので、俺はよく叱られていたりする。

　それを聞いたロキシー様は、慌てて口元を取り出したハンカチで拭く。

「ああ、もう行かないと。残ったぶどうは、フェイが好きなだけ食べてくださいね。では、お仕事に行ってきます！」

　ロキシー様は胸元で小さく手を振ると、部屋を出ていってしまった。

　彼女は父親から家督をついでからというもの、目の回るような忙しさだ。

　これは上長さんから聞いた話だが。

　王都の五大名家の中で、最年少当主はロキシー様だという。

　だから聖騎士としての熟練度――レベルもまわりに比べて低い。そのためいろいろと苦労が絶えないそうだ。

　これは上流階級としての苦労なのだろうが……なんの権力もない平民の俺には、住む世界が違いすぎる。できることといえば、ロキシー様とああやってお喋りをして、少しでも気を紛らわしてもらうことだけだ。

　もし、俺が偉くなれたら……。いや、無理な話だ。

　やるせない気持ちを発散するために、俺は久々に行きつけの酒場へ行くことにした。

　ずっと顔を見せなかったから、店のマスターは俺が門番の仕事（ブレリック家による執拗ないびりと過酷な労働時間）で死んでしまったのではないかと思っているかもしれない。

生存報告だけでもしておくべきだろう。

そして、今日は休みだ。ロキシー様に叱られるかもしれないが、パーッとお酒を飲んでやる！

第12話　酒場の噂話

服を着替えて自室から出ると、俺は使用人仲間に、体調が良くなったので外出してくると伝えた。そしたら、ロキシー様には内緒にしておくから、しっかりと気晴らしをしてこいと言ってくれる。ハート家の使用人たちはいい人ばかりだ。

そして、聖騎士区から商業区へ。まだ正午過ぎなので、すぐには酒場に行かずに、時間つぶしをすることにした。

といっても、手持ちのお金は銀貨1枚と銅貨20枚。まだ、ハート家の仕事でお給料日が来ていないので、高額な買い物はできない。

酒場で使うお金を引くとさらに少なくなるので、俺は前回、黒剣グリードを買った蚤の市へとやってきた。

あのときは薄汚い服を着ていたので、傲慢な露店の店主にまともな客として扱われなかった。

　しかし、今はハート家の使用人として、それなりの身なりをしている。そういった奴の店に行っても、あの時みたいに馬鹿にされないだろう。

　俺は露店を覗いては、次へと渡り歩きながら、掘り出し物はないかと探していく。こんなときは、鑑定スキルが非常によく使える。品物の目利きの知識がなくても、価値を見抜けてしまうからだ。

　これをうまく使えば、良い品を安く購入して、転売とかできそうな気がする。まあ、俺には転売する先——顧客がないので、うまくはいかないか。

　それはさて置き、いろいろな物がある。試しに雅な大皿を手にとって《鑑定》してみる。

「おお、これはすごい。割れた皿を綺麗に修復しているのか。これなら、わからないぞ、見事なものだ。他の皿もそうみたいだな」

　ちょうど、俺の横で店主が客と交渉中だったらしく、ものすごく険しい顔で睨まれてしまう。

　さらに、客も俺の声を聞いたみたいで、怒って買おうとしていた皿を店主へ突き返した。そして、騙された、騙してないの大喧嘩を始めてしまう。

　なんか……まずい空気。俺は巻き込まれる前にその露店から退散する。

「やあ、危なかったたな」

『今度からは気をつけろ。鑑定スキルを持つ者は商売人に嫌われやすいからな』

グリードが俺の軽率な行動を注意する。

「嘘で人を騙して商売する奴が悪いんだろ」

『まあ、正論だけでは食っていけないからな。嘘も方便ってものさ』

台所の苦しい商人が集まる蚤の市では、それくらいが当たり前なのだろう。

気を取り直して、露店巡りを再開すると、面白いものを見つけた。

帽子や兜に並んで、それは棚に置いてある。見た目はかなり怖いけど、惹かれるものがあった。

俺は手にとって《鑑定》してみる。

髑髏マスク　耐久：20　装着した人物への認識を阻害し、他の者からは別人に見える。

これは使えるかも！

すると、グリードも同意してくれた。

『良いものを見つけたな。これは大昔、仮面舞踏会用に作られた魔道具だな。骨董品だが、魔力を込めれば機能しそうだ』

値段は銅貨40枚ほどと高くはない。俺はこの髑髏マスクを買うことに決めた。

これが必要になるのは、夜間の魔物狩りでだ。ほぼ毎日行くことになろう狩りに素顔で行っていると、そのうち武人たちの間で噂になるに違いない。

素性を隠して狩りをしたい俺には、髑髏マスクが持つ認識阻害力は非常に役に立つのだ。

年老いた露店の店主へ、銅貨40枚を渡して購入する。

俺はボロ布に包んで懐にしまった。

いい買い物ができた。王都だけあって、こんな蚤の市でも希少な物が流れてくるみたいだ。

これからも、定期的に顔を出して掘り出し物を探してみるのも良いかもしれない。さて、そろそろ酒場にいこう。ここにいたら、また欲しいものを見つけて無駄遣いしてしまうかもしれない。

行きつけの酒場へ入ると、むさ苦しい男どもで店はごった返していた。

おいおい、こんな日中から酒を飲むとはどういうことだ。

いつもなら、この時間帯はガラガラのはず。

不思議なこともあるものだ。俺は指定席となっているカウンターの隅へ。

おお、なぜかここだけが空いていた。そして、カウンターの上には一輪の花がコップに挿してある。

なんだこれは？　と思いつつ座ろうとすると、

「ちょっと、そこはダメだ。死んだ常連さんの……」

そう言いながら、カウンター席に駆け寄って来た店主が俺の顔を見て、息を呑む。

「生きていたのか⁉　てっきり死んだものと」

ああ……やっぱり、一週間ほど全く顔を出さないから、店主は俺を過労死したものと思い込んでいたようだ。

なるほど、この花は俺への手向けだったのか。

「この通り、生きていますよ。なら、ここに座ってもいい？」

「もちろん、さあ座ってくれ」

俺は一輪の花をいけたコップをどけて、席に座る。

「マスター、上等なワインとうまい飯を」

「おいおい、どうした？　いなくなったと思ったら、急に景気が良くなって帰ってきたな」

「転職したんです。ここへ顔を出せなかったのは、いろいろ覚えることが大変で」

「そうか、よかったな……本当に」

ちょっと涙ぐんだ店主は、料理を取りに厨房へ消えていく。

しばらくして、なみなみとグラスにつがれたワインと、大きな魚のムニエルを持ってきた。

「ほら、転職祝いだ。今日は通常の半値で食わしてやる」

「いいんですか⁉」

「いいさ。長い付き合いだ」

そんなにも俺のことを思ってくれていたとは知らなかった。ここに来て良かった。

俺は出された魚を突きながら、この酒場の繁盛っぷりを聞いてみる。

「それにしても、今日はどうしたんですか？」

「ああ、彼らはみんな武人なんだよ」

へぇ、今日は狩りが休みなのかな。

武人は普通の仕事と違って、魔物に合わせた変則的なものだ。雨の日は魔物が隠れてしまうので休みとか、繁殖期で気性が荒くなっているので様子をみようとかだ。

しかし、今回は違ったようだ。店主が理由を教えてくれる。

「なんでも、今日の早朝にゴブリン狩りへいくと、至る所にゴブリンの死体が散乱していたという。しかも、両耳を切り落とさずに放置されていたんだとさ。それを頂いて、大儲けしたらしい。おかしなこともあるもんだな」

「……ハッハハハ……そうですね……」

原因は俺だ!!　飲みかけていたワインを危うく吹くところだった。

まあ、悪いことをしているわけではない。と思ったが、店主の顔は冴えない。

「でもな……」

「どうしたんですか?」

「それに合わせて、じゃあ何がゴブリンたちを倒したのか、問題になっているんだ。おそらく他の地域から流れてきたはぐれ魔物がやったって線が有力らしい」

「はぐれ魔物!?」

あそこで騒いでいる武人たちから、店主が聞いたという。

俺がやったことが問題になっている!　俺がはぐれ魔物だって!

「ああ、十年に一度くらいあるんだよ。だからな、この件は聖騎士様が直々に動くらしい。そうなってくれると儂たちは安心できる」

得体の知れない魔物が、王都への通り道に現れるとなれば、行商人たちも死にたくないので、商売を控えるようになる。

結果、王都への物流に影響が出てしまい、物価が上がり、酒場の経営が苦しくなるそうだ。

俺のせいか……でもやめるわけには……。それにしても、聖騎士様のご登場か。

「その聖騎士様って誰が担当するんですか？」

「ああ、君の嫌いなブレリック家の次男ハド様らしい。あのお方はガリアでの戦闘経験がまだないから、こういった楽な調査で点数稼ぎだろう」

その名前を聞いて、俺は魚の中心をフォークで突き刺した。

まさか、名家の聖騎士様がこんなことに顔を出してくれるとは、飛んで火に入るなんとやら。

高まる感情を抑え込むため、ワインを一気に飲み干す。

すると、店主が今度は違う話を振ってくる。

「それとは別にな。おかしな話があるんだよ」

「どんな話ですか？」

「君が住んでいたスラムに孤児院があるだろ。そこでだな、夜も明けぬうちにシスターたちが神への祈りを捧げていたんだ。すると、割れた窓から血塗られた小袋が投げ込まれたんだとよ。足元にそれが落ちたシスターは失神。なんてひどい悪戯（いたずら）をするんだと、他のシスターたちがそいつを追いかけたそうだ。結局は逃げられたんだとよ」

店主は腹を抱えて笑う。

それって、まさか……。動揺する俺を気にせずに、店主は続ける。

「これにはまだ続きあるんだ。なんてものをって怒り心頭なシスターたちは、その袋を捨てようとして、何かが書かれていることに気がついたんだ。寄付しますって書かれていたらしい。だから、恐る恐る中を開けると、なんとゴブリン・キングの両耳が入っていたんだとよ。すると、今度は一転、シスターたちは泣いて喜んだそうだ。今は寄付してくれた人を懸命に捜しているってさ」

……これも、間違いなく俺だった。あの孤児の少女がお腹いっぱいご飯を食べられるといいな。

しかしシスターたちが俺を捜しているのか。まあ、バレなければ大丈夫だろう。

それに今の俺には、髑髏マスクがある。なんとかなるさ。

「面白い話だったよ。マスター、ワインをおかわり！」

「あいよ！　また面白い話を仕入れたら教えてやるよ」

俺は平静を装いながら、ワインを飲み、飯を食う。やっぱり、この店の料理はうまい！

第13話　ロキシーの視察

あれから数日が経った。俺は相変わらず、昼間はハート家の使用人。夜は暴食スキルに魂を摂取させるためのゴブリン狩りという二重生活をしている。

それと、気になるのはラーファルたちの動向だ。あれから何度もあいつらを目撃した高級店に張り込んだ。しかし、それっきり店に姿を現すことはなかった。もしかしたら、集まる場所を絶えず変えているのかもしれない。何を企んでいるのかわからないままに、ただ時間だけが過ぎていっている。

この件をロキシー様に知らせてもいいが、奴らが何か悪巧みをしているというだけでは、情報としての価値はない。彼女だって、ラーファルたちが良からぬことを考えているくらい承知の上だ。重要なのは中身だ。

情報がないまま考えても答えはでない。知りたいなら、もう関係者から直接聞いたほうが手っ取り早いだろう。

俺はこの数日でそういう結論に達していた。

ちょうど俺が暴れているゴブリン草原やホブゴブの森に、ブレリック家の次男がはぐれ魔物の調査に乗り出すという。

だから、俺はフード付きの黒外套を着て、髑髏マスクを着け、王都の武人たちが恐れ始めているはぐれ魔物になりきることにした。その内、何らかの名前を付けられて呼ばれるようになるかもしれない。

今後の方針を考えながら、庭師見習いの仕事に励む。

いい天気なので、絶好の芝刈り日和だ。昨日は雨の日で何もできなかった。なので、今日はその分を含めて、刈りまくってやるつもりだ。

朝から庭師の師匠たちの指導を受けながら、芝と向き合っている。ハート家の庭はとても広いので、今週は南側、来週は東側、再来週は北側……なんて感じで場所をローテーションしながら、作業を進めている。芝の生命力はかなり強くて、一周した頃にはボーボーに伸びているので、この作業に終わりはない。

俺が庭木の手入れをさせてもらえるまでの道のりは長そうだ。

庭師の師匠たちが自分の仕事に戻っていき、一人で黙々と芝を刈っていると、

「あれって……もしかして……」

うーん。あれはどう見ても、ロキシー様だ。

彼女は屋敷の裏口からこっそり出てきたのだ。だけど、服装がいつもと違う。変装をして、町娘のような恰好をしている。ロキシー様はほとんどが凛々しい聖騎士の姿だ。あんな庶民の服を着ているなんて、どういうことだ？

俺は屋敷の裏門をそっと出ていこうとする彼女の背中に声をかける。

「いってらっしゃいませ！　ロキシー様！」

使用人らしく、主様に声をかけたつもりだが。

「きゃっ…………もうっ、ビックリしたじゃないですか！」

すると、彼女は飛び上がって可愛らしい声を出した。

振り向いて、俺だとわかるとホッとした顔をする。そして今度は頬を膨らませる彼女に、先程から俺が抱いている疑問を投げかけた。

「ロキシー様は何をされているんですか？　いつもと違う恰好をされているようですが……」

「うっ……これは、息抜き……いいえ、これは極秘の視察です。町娘の恰好をして、民の中へ入り込み、どのような暮らしをしているかを調べるのです」

おおっ！　さすがはロキシー様だ。

こんなことを他の聖騎士は絶対にやらないだろう。やっぱり違う。

「素晴らしいお考えだと思います。では、俺は邪魔をしないため、自分の仕事に戻ります。ではっ！」

そそくさと立ち去ろうとする俺に、ロキシー様が待ったをかける。正確には、いつの間にか背後に近づいてきた彼女が俺の襟元を掴んだのだ。

「フェイ、待つのです。良いことを思いつきました」

なんだろうか……良いことらしいけど、ロキシー様はいたずら好きな子供のような顔をしている。

本当に良いことなのか、不安になってしまう。

「なっ、なんでしょうか？」

「フフフ……極秘任務です。フェイに極秘任務を与えます」

「ええええええっ」

聖騎士様から極秘任務を⁉　芝刈りしかできない俺にできるだろうか。

恐縮する俺にロキシー様は謎の決めポーズを取りながら、言い放つ。無理やり慣れないポーズをしてみせる彼女の姿が可愛かったりするが、それは置いておいて、俺は驚きのあまり何も言えなくなってしまった。

そんな俺を見て、ロキシー様はご丁寧にもう一度ポーズを取って言い放つ。

「私と共に、民の視察に行くのです！　フェイの持てる知識を活かして、私をエスコートしなさい！」

もう一度、心の中で「えええええっ」って言ってしまったではないか!?

俺にできるのか……女性をエスコートなんて、生まれてこのかたやったことがないんだけどさ。しかも、ロキシー様をエスコートだよ……難度が高すぎる。

もし、彼女の期待に応えられずにがっかりさせてしまったら、俺はもう生きてはいけない。

返事も出来ずに固まったままの俺。見かねたロキシー様が無理やり俺の手を取ってくる。

「さあ、行きますよ。ここに居続けると他の者に見つかってしまいます」

「ちょっと待ってください。俺には庭師の仕事が……師匠たちに怒られてしまいます」

「それは問題ありません。後日、私の方から理由を付けて、言っておきます。はい、これで問題解決！」

なんて強引な!?　町娘に変装したロキシー様はいつにも増して、ぐいぐいと俺を振り回してくる。

そうか!?　それほど、民の視察に力を入れているのか。

こうなったら、俺も全力でサポートするしかない。ロキシー様にもっと民の暮らしを知ってもらって、今後に活かしていただこう。

「わかりました、ロキシー様。俺、頑張ります！」

「本当ですかっ⁉　これは楽しみです。では、行きましょう！」

「はいっ」

町娘に変装したロキシー様について、屋敷の裏門から出ていく。

周りを警戒しながら先に進む彼女は、かなり手慣れている。どうやら、これが初めてではないようだ。

どうなのか、聞いてみよう。

「ロキシー様は、このようなことをよくなさっているんですか？」

「えっ、えーと、そんなにしないですよ」

「本当ですか？」

視察といえど、このように身分を隠して民の街を歩き回るなんて、他の使用人たちが知ったらどう思うだろうか。

それにロキシー様はハート家の当主だ。立場上、問題が出てくるかもしれない。

そんな心配をよそに、彼女は澄まし顔で言ってくる。

「今回のことは、他の者には内緒ですよ。特にあの人には言ってはいけません」

「あの人には……あっ、わかりました」

ロキシー様がいっているあの人とは、屋敷の使用人たちを仕切っている上長さんだ。彼女はロキシー様の秘書も兼ねているのだ。

あの真面目な性格から、ロキシー様が町娘の恰好をして視察に出ていくなんて、許すわけがない。きっとこう言うはずだ。

「そうですね。知られてしまうと、『ハート家の当主らしくしてください』って言われそうですね」

上長さんがよくやるメガネをかけ直す仕草と一緒に、真似していってみせる。

すると、ロキシー様が口に手を当てて、笑いだした。

「フフフッフッ……もうっ。いきなり、彼女のモノマネはやめてください。笑い声で見つかってしまいます」

「すみません。調子に乗ってしまいました」

「よろしい。まずは早く聖騎士区からでましょう」

隠れながら先に進んでいると、ロキシー様から小道へいきなり引き込まれる。

なんだ!? どうした!? 彼女に無理やり抱き寄せられる俺。聖騎士の圧倒的なステータスによって身動きが取れない。

肌が触れてしまったことによって、《読心》スキルが発動してしまう。

（まだ……暴れているようですね……これはもっとぎゅっとしないと……）

物陰で俺は何をされているんですか？　なんて馬鹿なことを思っていると、

「しっ、静かに。向こうから、うちのメイドたちが歩いてきます」

そう言われて、ロキシー様が指差す場所を見る。若いメイドが二人、談笑をしながら歩いて来るではないか。

全くもって気が付かなかった。

ほら、俺は今、何気に浮かれているのもあるからさ。憧れのロキシー様と二人っきりで極秘視察だ。これで浮かれない男はいない。

しかし、これは大事な任務だ。俺は通り過ぎていくメイドを見ながら、気を引き締める。

邪(よこしま)な感情を捨てなければ、この任務を完遂することはできない。

まずは……。

「ロキシー様、そろそろ放してもらえますか？」

「えっ、もうですか？」

またしても《読心》スキルが働いてしまい、ロキシー様の心の声が流れ込んでくる。

（……残念ですね。では最後に、よしよしっと）

えっ⁉　なんか、頭を撫でられちゃっている。

いやいや、そんなことよりもメイドたちはすでにハート家の屋敷へと入っていってしまったのだ。

これ以上の拘束はいらないと思う。

そんな俺の指摘に対して、ロキシー様はつまらなそうに口を尖らせる。

「いいですよ～だ。ふんっ」

なぜかお怒りのロキシー様は俺を解放する。あれぇ～、何かまずいことをしてしまったのか。

俺は先に歩きだしてしまった彼女を追いかける。

なんだか今日のロキシー様は、いつもと全然違う。

「待ってください、ロキシー様！」

「ストォ～ップです！」

「なっなんですか！　ロキシー様！　ロキシー様!!」

「だから、ストォォ～ップです!!　私をロキシーと呼んでは、バレてしまいます」

「あっ、そうだった」

なんて失態をおかしていたんだろう。

折角、ロキシー様が町娘の恰好に変装をしているのに、名前を呼んでしまっては意味がない。

だが、なんて呼べばいいだろう？

「もうっ、そんな子犬みたいな顔で見つめないでください。わかりました。私の事はそうですね……ロキと呼んでください。あと様付けはいらないですよ。なんたって今の私は町娘ですから」

そう言って胸を張るロキシー様。こんな堂々とした町娘は見たことがないんだけど……伝えておいたほうが良いのかな。

やっぱりやめておこう。

最近の彼女は、父親の代わりにハート家の当主になってからというもの、激務が続いている。こんな生き生きとした顔を見たのは、久しぶりだ。

この世間知らずっぽい感じについては、俺の方でサポートすればなんとかなるだろう。

そんなことを考えていると、ロキシー様が俺に何かを求めるような視線を送ってくる。

もしかして、偽りの名前で自分を呼べということかな……うん、きっとそうだ。

「えっと……ロキ。行きましょう」

「はい」

これがロキシー様が言っていたエスコートなのか。まだ出だしなのに、前途多難な予感がしてならない。

俺は生きて帰ってこられるだろうか、心配になってきた……。

不安を胸に抱いていても、足の歩みは止まることなく進んでいく。

まずは聖騎士区の門を通って、商業区へ向かうことになった。


「通行証を見せるんだ」

門番の兵士たちが俺たちの顔を見ながら言ってくる。

しまった。俺の通行証は屋敷の自室に置いてあるのだ。

引き返して通行証を持ってくるか。なんて思っていると、ロキシー様がポーチから一枚の紙を取り出した。

それを見た途端、門番たちが跪いた。

なにそれ⁉　とんでもない効力なんですけど⁉

おそらく、彼女が見せたのはただの通行証ではない。だって、俺の通行証ではあんなにならないからさ。

「さあ、行きますよ。フェイ、早く！」

「あっ、はい」

なんと通行証を持っていない俺まで通ることが出来てしまった。

門を通り過ぎていくロキシー様の後について、何を見せたのかを聞いてみる。

すると、彼女は得意気に言ってのける。

「これはですね。通行証の中でも最上級のものです。これを持つ者は聖騎士並の扱いを受けるんですよ。すごいでしょ！」

たしかにすごいけど……それでは自分がとても身分の高い人物ってバレてしまうのでは。

極秘任務はどこへいってしまったのだろうか。

ま、いっか。ロキシー様はあんなに楽しそうなのだ。水を差すなんて野暮はしない。

それに、そのおかげで通行証を忘れた俺も通れたのだ。

「うん、ロキはすごいです。俺は持っていなかったから助かりました」

「そうでしょっ、うんうん」

そして、商業区に入ってすぐに立ち尽くす俺たち。

「フェイ。早速、エスコートをしてもらえるかしら」

「そうだった。とりあえず、商業区の中を歩きましょう」

本音を言えば、まだ何も考えていなかった。

まあ、行く当てもなく散策するのも悪くないと思う。行く先々でロキシー様が興味を示した物に対して、俺なりのエスコートをすれば良いのだ。

俺が一方的にああだこうだ言うより、この方がありのままの視察に適していると思う。

歩き出した俺たちだったが、ロキシー様が思うように前に進めないようだ。

商業区は日中のこの時間になると人の往来が多くなる。大通りとなると、人をかき分けるくらいの気合が必要になるのだ。

それなのに、ロキシー様は聖騎士な感じで進んでしまうので、人にぶつかりそうになる。

聖騎士はこの王都で一番地位が高い。そのため、道を歩けば向こうから道を譲るのだ。

長年培ってきた癖はなかなか抜けないようで、ロキシー様は堂々と胸を張って歩いてしまう。

「この大通りは何度通っても、慣れませんね。今日は一段とすごい人の数……これでは躲しても進めません」

「それなら、俺の後ろへ」

「いいですか？」

「もちろん、今日はロキのエスコートだから」

「まあ、それは頼もしい」

さあ、言ってしまったからにはやるしかない。

ステータスもそれなりに高くなったし、押し負けはするまい。

押し飛ばすとまではいかなくとも、かき分けるように先に進んでいく。

そんな俺の肩に、ロキシー様は手を乗せて付いてくる。《読心》スキルによって彼女の心が流れ込んでくる。

(ゴー！　ゴー！　楽ちんですね……さあ、道を開くのです！)

気に入ってもらえて何よりである。もっとも人通りが多い場所を通り過ぎていく。

ふぅ～、後ろのロキシー様を気にしながら進むのは大変だった。

そのかいあって、彼女はご満悦のようだ。《読心》スキルを通して聞こえてくる心の声からもわかってしまう。

(ふむふむ。あっ、あれは何でしょうか⁉)

それを最後にロキシー様の声が聞こえなくなる。何か気になるものを発見したらしく、俺から離れていってしまったからだ。

あまり彼女の内心を聞き続けてしまうのは、どうかと思っていたので助かった。

「フェイ、これを見てください。早く！」

「……おおおぉぉ」

綺麗な石だな。それもたくさん並んでいる。

どうやら、宝石店が店先に露店を開いているようだ。店内の高級品と違って、庶民でも手が届くほどのお手頃価格で売り出されている。

それでも、最低価格が銀貨1枚なので、俺からしたら高い。

ロキシー様はそれらを見ながら、目を輝かせている。そういえば、彼女はこういった宝石類を身に着けているところを見たことがない。

俺の中のイメージは、白い軽甲冑に聖剣を携えているだけだ。それ以上に身を飾ることはしないのがロキシー様だった。しかし、それは本意ではないようにみえる。

俺がそんなことを思いながら、彼女を見ていると、

「これでも私は女ですからね。興味くらいありますよっ！」

俺の視線が気になったらしく、ロキシー様は恥ずかしそうに言う。

手にとって、宝石を見ていく彼女の姿は新鮮だった。ひたすら、騎士道精神の中に生きているような人だと思っていたけど、今の彼女は町娘と変わらないようにみえる。

もしかしたら、日常の彼女は自分を偽って無理をしているのかもしれない。杞憂だと良いが……。

俺の不安をよそに、ロキシー様が微笑みかけてくる。

「良いものを見せてもらいました。では、次へ行きましょう」

「えっ、買わないんですか？」

「私には不要なものですから」

本当にそう思ってるのだろうか。先に立ち去ろうとする彼女を呼び止める。

ポケットに入っていたお金は、たったの銅貨10枚。握り締めながら、ダメ元で売り子に聞いてみる。

「これで買える物はありますか？」

売り子は困った顔をしていたが、何かひらめいたように手をたたく。

ん!?　なんだろうか。

後ろの店内へと入っていった売り子。そして、石ころが十個ほど入った木箱を持って戻ってくる。石の大きさは握り拳くらい。

「これは宝石の原石です。中を割って、宝石が入っているかもしれませんし、そうではないかもしれない。この中の一つなら、銅貨10枚です。どうしますか？」

気を遣ってくれたようだけど、ロキシー様に渡す品としてはダメそうだ。だって、渡した石の中が空っぽだったら、ただの石ころをあげたことになってしまう。

ここまでしてもらって申し訳ないけど、断ろうか。

口を開きかけて、ロキシー様が嬉しそうな顔をしているのに気がつく。

「もしかして、私に買ってくれるんですか？」

「この前ラーファルから助けてもらったお礼に。でも、こんなものだけど」

「いいえ、とっても嬉しいですよ。どれがいいかな……あっ、ここはフェイに選んでもらう方がいいですよね」

……責任重大だぞ。この十個の石の中から、宝石が入った当たりを選ばないと！

というか、この中に当たりがあるとも限らないのだ。もう、自分の運を信じるしかない。

う～ん、これだっ!!

俺は他と比べて、大きくもなく、小さくもない石を選ぶ。

「これをください」

「本当にこれでいいんですか？　まだ、選び直せますよ」

やめてもらえるかな。折角、意を決して選んだのに揺さぶってくるのは。

何気にこの売り子、面白がっていないか。

あっ、そうだった。俺はロキシー様と一緒にいて舞い上がってしまい、鑑定スキルを持っていることをすっかり忘れていた。

これを使えば、一発で解決するではないかっ！　すぐさま売り子に渡した原石を《鑑定》する。

どうやら、運は俺に味方してくれていたようだ。

「それでいいです」

「わかりました。銅貨10枚になります。当たりだといいですね」

お金を支払い、石ころを受け取る。どうしようか、これにリボンでも巻いてからロキシー様にあげようかな。

そんなことを思っていると、すでにロキシー様が両手を出して待っているではないか。

これではすぐに渡さないといけないだろう。彼女の手の上に、買ったばかりの石ころを置く。

「どうぞ、この前はありがとうございました。大したことのない物ですが、御礼の品です」

「いえいえ、こちらこそ、ありがとうございます」

石ころをもらって、喜ぶロキシー様。そして、すぐさま石ころを砕こうとする。

「では、中身を見てみましょう」

「ここでやるのっ⁉」

「はい、帰ってからなんて待ちきれません」

そう言って、彼女は素手で宝石の原石を器用に砕いていく。聖騎士のステータスは半端ないぜ。

売り子もあっけにとられている。それはそうだろう。

町娘の姿をした女の子が、普通は道具を用いてする作業を素手でやってのけてしまっているのだから。

こんな荒業ができるのは聖騎士しかいないだろう。まずい、ロキシー様の正体がバレてしまうんじゃない？

戦々恐々としながら、見守っていると、

「フェイ、宝石です！　青い宝石が出てきましたよ！」

親指くらいの大きさ。透き通った青い宝石が出てきた。鑑定スキル通りに大当たり！

思わず、ロキシー様とハイタッチしてしまう。《読心》スキルから聞こえてくる彼女の心は喜びでいっぱいだ。

「大事にしますね」

ロキシー様はハンカチを取り出すと、丁寧に包んでポーチの中に収めた。

喜んでもらえてよかった。鑑定スキルさまさまだな。

上機嫌なロキシー様は、俺に提案をしてくる。

「良いプレゼントをいただきましたから、今度は私がフェイに何かしましょう。何がいいですかね……」

俺をジロジロと観察しながら、考え出すロキシー様。待っていると、俺の腹がぐうぅぅぅと鳴ってしまった。

それを聞いた彼女はにやりと笑いながら、良い案をひらめいたようだ。だいたい予想できるぞ。

「フェイはすぐにお腹が空いてしまうのですね。なら、何か美味しいものを食べましょう」

なんて魅力的な誘いなんだろうか。これは抗えない！

どのようなものが食べたいかを聞いてくるロキシー様が天使のように見える。なにがいいかな……肉？　いやいや、俺の好みで決めたらダメだ。

たしか、この前の二人っきりの茶会で、彼女は魚が好きだと言っていた。

なら、あそこがいいかな……というか、俺が知っている魚料理が美味しい店なんて、あの酒場くらいだ。

「俺が案内できるのは行きつけの酒場くらいです。あそこは魚料理が美味しいです」

「まあ、それはいいですね！」

「ですが、俺みたいな人間が通う酒場なので……その、うるさいし、上品なところではないです」

「それはいいですね」

「えっ⁉」

両手を胸の前で合わせて、ロキシー様は喜ぶ。俺は予想外の反応に困ってしまう。

「フェイは忘れてしまったのですか？　今回は民の暮らしの視察も兼ねているのです」

「ああ、そうだった。あれっ……兼ねて？」

「ううっ」

ロキシー様と一緒にいたら舞い上がってしまって、本来の目的がすっかり吹き飛んでしまっていた。

それにしても、なぜロキシー様は視察も兼ねるといったのだろうか？　メインだよね。

首を傾げる俺に、彼女は咳払いをしながら言ってくる。

「そんなことより、その酒場に案内してもらえますか？　さあ、さあ！」

「押さないでください。案内しますから」

「よろしい！　では参りましょう」

そして案内する俺より、ロキシー様は先に行ってしまう。

「ロキ、そっちは反対方向。こっちです！」

「あらっ、そういうことは早く言ってください」

何を慌てているのだろうか。そんなに急がなくても、昼間の酒場は混まないはずだ。

もしかして、ロキシー様もお腹が空いてしまって早く魚料理を食べたいのだろうか。それとも、庶民たちが通う酒場がどのような場所か、気になって仕方ないのだろうか。

まっ、案内してみればわかることだ。

「こっちです。行きましょう」

「はい」

今度はニコニコとしながら、俺の後についてくる。よほど、これから行く酒場が楽しみのようだ。

これは、酒場についたら店主にいって、活きの良い魚を使って料理を作ってもらおう。実に楽しみである。

美味しい食べ物のことを考えてしまうと、またお腹の虫が鳴ってしまう。ああ、後ろを歩くロキシー様にまで聞こえてしまって、またしても笑われたではないか。

「フフフッ、フェイは我慢できないみたいですね。走っていきましょうか？」

「いえいえ、さすがにそこまでさせるわけにはいきません。大丈夫です、我慢できます！」

しかし、そう言ってすぐにお腹の音が聞こえてきた。くそっ！　暴食スキルよ、少しは言うことを聞けよ。

ロキシー様の前でこれ以上恥をかかせないでくれっ！

ぐうぅぅうぅぅぅっ……。

止まらねぇっ。

見かねたロキシー様が微笑みながら、俺の手を取る。

「やはり、走っていきましょう！　こっちでいいですよね」

「合ってますけど、そんなに引っ張らないでください」

「いいじゃないですか、さあ」

なんて強引な……これでは俺が案内しているのか、されているのか、わからないぞ。

悩める俺に更なる追い打ちが、

ぐうぅぅうぅぅぅっ……。

こんなに腹を鳴らしたら、まるで早くお店に行きたくて仕方ないみたいじゃないか。頭を抱える俺。

ロキシー様はお腹を抱えて、大笑いである。楽しそうで何より……。

彼女の手から《読心》スキルを通して伝わってくる心の声も似たようなものだ。

こうなったら、ロキシー様を笑わしたい時は、腹をぐぅぐぅと鳴らそうか。そう思えるほど、ロキシー様は酒場に着くまで、よく笑っていた。

「あぁぁ、おかしかったですね」

「俺はただ腹を鳴らしていただけです……」

「ごめんなさい。フェイみたいに豪快にお腹を空かせる人は初めてなので、笑いのツボにはまってしまいました。さあ、そんなにむくれないで、食事をしましょう」

気を取り直して、店の中へ入る。中は昼過ぎということで、それほど混雑していない。食事を終えた旅人や商人、武人たち――数組が談笑しているくらいだ。

さて、どこに座ろうか。いつもならカウンターの隅が俺の場所なのだ。しかし今回はロキシー様を連れているのでテーブル席が良いだろう。

空いているテーブルを探す。えっと……一つ空いているな。

「ロキ、あの席に座りましょう」

「どうしようかな……フェイはいつもどの席に座るのですか？」

「あそこのカウンターの隅かな」

「なら、そこにしましょう。それに、カウンター席だと店員さんたちの様子も見られますし」

なるほど。客だけではなく、店の様子まで視察してしまうのか。

それなら、カウンター席がもってこいだな。俺は何を疑う余地もなく、ロキシー様をカウンター席に案内する。

そして、彼女が座ったのは、俺がいつも腰を下ろす場所だった。五年間守り続けていた場所を取られた！

「どうしたんですか？　さあ、フェイは私の横の席に」

「う、うん」

ご満悦のロキシー様を尻目に、俺は渋々隣の席に座った。なんだか、座り慣れない場所で落ち着かない。

「ふむふむ。フェイは店に来たら、いつもこの席で食事を摂るのですか……これは要チェックですね」

えっ、なぜに要チェック⁉

次の日、酒場に来たらロキシー様がこの席に座っているなんてことはないよね。そんなことになったら、緊張してしまって気軽に食事を摂れなくなってしまう。

「俺のことは、チェックしなくても」

「駄目です。フェイはハート家の使用人ですから、主として知っておいたほうが良いのです。たぶん……」

最後の「たぶん」だけ、とても小さな声で言っていたのを聞き逃さない俺。

ここは追求しておいたほうが良いかもしれない。しかし、酒場の店主によって遮られてしまう。

「いらっしゃい。あれ!? 今日は一人ではないみたいだね。そちらの美しい女性はもしかして、君の恋人かな？」

この店主はいったいなんてことを言ってくれるんだ。身分を隠しているとは言え、彼女は聖騎士。それも王都で五本の指に入る名家だぞ。

高貴なロキシー様と平民の俺が恋人!? あり得るわけがない。

もし、ロキシー様がこの発言に気分を害したら、不敬罪で死刑にされたって文句は言えない。それくらいの爆弾発言だった。

ヒヤヒヤしながら見守っていると、ロキシー様は出された木製のコップを握りつぶしてしまう。

それを見て、俺は開いた口が塞がらない。もしかして、怒ってしまったのか……と思っ

ていると、

「まあ、手が滑ってコップを破壊してしまいました。申し訳ありません」

「いいってことよ。お嬢さんは見かけによらず強いんだね。たまにステータスのコントロールをし損ねて、コップを破壊する武人がいるから、気にすることはないさ。その分きっちりと請求させてもらうから」

ふ～、ロキシー様は怒るどころか、さらに気を良くしている。

店主もコップを破壊したことをとやかく言うつもりはないようだ。ここは酒場だから、酔っ払った武人が店の物を壊すなんてよくあることだ。だから木製のコップ一つくらい、大した問題ではないのだろう。

これ以上、店主にいらないことを言わせないために、俺は手早く注文を済ませる。

「マスター、この店で一番活きが良い魚を使った料理をお願い。あと、パン」

「なんだ。いそいそと注文して、そんなに邪魔をされたくないのかい？」

「もう、そういうのはいいですから。早く、料理を作って持ってきてください」

「なんだい……今日はワインなしでいいのかい？　なんだか、緊張しまくっているようだから、飲んでおいたほうが良いのでは？」

「だから、そういうのは本当にいいですから！」

店主は俺を好き放題に弄った後、店の奥へと消えていった。これは、後日どうなったのか、根掘り葉掘り聞かれそうだ。絶対に教えないけどな。

隣に座っているロキシー様といえば、ほんのりとニヤニヤしながら、いつの間にか手に持った俺の木製のコップを握りつぶしていた。そして、しきりにつぶやいている。

「そう見えてしまいましたか……これは困りましたね。……困りました」

カウンターの上に木屑と化したコップの山ができあがっていく。

いつものロキシー様なら、聖騎士のステータスを完全にコントロールしているのに、なぜに今日はこんなにもパワフルなんだ。

とりあえず、コップの補充だ。

「マスター！　コップをもう一つ追加で！　いや、予備を二つ！」

俺の予想は的中して、注文が出てきた後もロキシー様はコップを破壊した。

これはもう、食事をとりに来たのか、コップを壊しに来たのかわからないくらいだ。店主も苦笑いしながら、替えのコップを持ってきてくれた。

魚料理はとても美味しくて、俺たちはモリモリと食べた。俺はロキシー様がちゃんと食事をしているのを見て、ホッとする。

なぜなら、最近の激務によって彼女の食事が細くなっていると、心配するメイドたちから話を聞いていたからだ。

　この食いっぷりだと、大丈夫だろう。

「どうしたんですか？　ずっと私を見て」

「安心していたんです。ほら、ここのところ、お疲れのようだったので」

「ああ、やっぱり……皆にバレてしまっていたんですね。これでもいつも通りに振る舞っていたのですけど」

「みんな、ロキのことが大好きですから、いつも気にしているんです」

　そう言うと、ロキシー様は手に持っていたフォークで蝶々結びを始めてしまう。

　あれっ!?　金属ってそんな粘土みたいに柔らかくないはずだよねっ！

「フェイも……その……私のことを……」

　ロキシー様がその先を口にしようとした時、店主が替えのコップを持ってやってきた。

「お待たせ。さすがにこれ以上、コップを壊さないでおくれよ」

「あっ、はい。ありがとうございます」

　横槍が入ったので話が流れてしまい、ロキシー様はもうそれを口にすることはなかった。

　気になってしまう。だけど、顔を赤く染めて料理を黙々と食べだした彼女を見ていると、どうでもよくなってしまった。

楽しい食事の時間なんて、あっという間に過ぎていく。

時折、店主が俺とロキシー様の間を取り持とうとして、いらぬ気を回してくれたりした。お得意の世間話だ。最近、向かいの商店で子供が生まれたとか、東からやってくる馴染みの商人がゴブリンに襲われて死にそうになったとか。

俺がいつも聞いているような話ばかりだ。

しかし、町娘の変装をしたロキシー様は興味津々に聞き入っていた。たぶん、この何気ない話こそが彼女が知りたかったことだったようだ。王都の民が日頃何をして、何を思っているのか、直に聞ける機会など、聖騎士である彼女はそう簡単に巡り会えない。なにせ、王都の民にとって聖騎士は雲の上の存在で、気安く口を利くことなどはばかられる。

使用人である俺たちだって、日頃からロキシー様を敬っている。彼女とたわいもない会話なんてもってのほかだ。

ロキシー様は気にしないけど、使用人たちを取り締まる上長さんがそれを許さない。きついお説教が待っていることだろう。

「どうしたんですか、フェイ？　そろそろ、お店を出ましょうか」

「そうですね。夕暮れ前には帰りたいですし」

まあ、なぜか……俺だけはこうやって、ありきたりな会話をしてるわけだが……。そんなことを言ったら、たまに屋敷で開かれる二人だけの茶会も似たようなものだ。

なんとなくわかる。ロキシー様の立場上、同世代で気軽に話をできる者がいないのだ。だから、一歳年下の俺に白羽の矢が立ったのかもしれない。なぜ俺だったのかと聞かれると返答に困ってしまう。だけど、ロキシー様がいいのなら、俺はそれ以上を求めることはない。

だって、俺にとっても、ロキシー様と過ごす時間はとても楽しいからだ。

支払いを済ませて、酒場から出ようとする背中に、店主から声がかかる。

「またおいで、彼女と一緒にね」

もし、またその機会があったとして、どうせまた今回みたいに要らぬお節介を焼く気満々のようだ。これは店を変えるべきだな、なんて思っているとロキシー様が手を振りながら、

「はい、ぜひまた。その時もお話を聞かせてくださいね」

「ハハッハハハッ、話のわかるお嬢さんだ。これはネタをしっかり仕入れておかないとな」

ロキシー様が調子のいいことをいってしまうから、店主はノリノリになっているじゃな

いか。明日あたり酒場に行った時、釘を刺しておこう。

俺たちは店主に見送られながら、酒場を後にする。

お腹いっぱい、幸せな気分。なんだかんだで酒場に四時間以上いたかもしれない。長居しすぎた。

「ロキ、この後はどうしますか？」

「そうですね。日暮れ前には屋敷に帰ったほうがいいですよね。だって、ほら。あの人に何も言わずに出てきてしまったわけですし」

ロキシー様が言っているのは、当然屋敷の使用人たちを仕切っている上長さんのことだ。彼女はロキシー様の秘書でもあるので、突然いなくなった主を捜していることだろう。

もしかしたら、今も捜しているかもしれない。メガネを掛け直しながら、イライラしている上長さんの顔が目に浮かぶ。

「あぁ、俺は知りませんよ」

「フェイだけ逃げるなんて酷い……見つかった時は一緒に怒られてくださいね」

「えええぇぇ……俺、昨日……仕事でミスをして叱られたばかりなんですよ。連続なんて嫌ですよ」

「いいじゃないですか」

「嫌ですって！」

「ちょっとくらい、いいと思うけどな」

「ちょっとでも同じです」

「もうっ」

怒ったふりをしながら、笑顔になるロキシー様。

そんなやり取りをしながら、ハート家の屋敷がある聖騎士区へ歩いていく。

第14話　月夜に潜む骸（むくろ）

　ロキシー様と一緒に帰っている途中で、大通りから外れた物陰の隅で泣いている子供がたまたま目に入る。どうしたのだろうか？　近くに親がいる様子はない。

　この前にあった誘拐の件もある。声をかけておいたほうがいいだろう。

「ロキ、ちょっとだけ、時間を貰えますか？」

「どうしたんですか？」

「ほら、あそこにいる子なんですけど、迷子みたいなんです」

「まあ、早く行きましょう」

　正義感の強いロキシー様だ。困っている人がいたら放っておけない。

　泣いている子供——少年に向かって、颯爽（さっそう）と駆けていく。あの姿はもう、町娘の恰好をしていても、体から放っているオーラは聖騎士そのものだ。道行く人たちは、圧倒されて道を譲っていくほどだ。

俺も、後を追って少年のもとへ。

ロキシー様は既に少年へ声をかけていた。

「もしかして、迷子ですか。お母さんやお父さんはどこにいるのですか？」

「…………」

「怖がらなくても、大丈夫。お姉さんに任せてください！」

「……………うあああぁぁぁぁん」

大泣きである。ロキシー様が喋れば喋るほど、少年は更に泣いてしまうのだ。

なんというか、少年はロキシー様の隠しきれない聖騎士の気迫に怯えているようだ。心細い時に、ものすごく強そうな人から声をかけられるのは耐えられないのだろう。それがとても綺麗なお姉さんだったとしても同じだ。

仕方ない。ここは高貴なオーラもなく、平凡な容姿で定評のある俺の出番のようだ。

「おい、両親とはぐれてしまったのか？」

少年に声をかけると、しばらく俺をじっと見た後、ゆっくりと頷いた。

「……うん。母ちゃんと一緒に買い物に来て……はぐれた」

「そうかっ、なら一緒に捜すか？」

「いいの？」

「おう！　いいぞ。この前も迷子になっていた女の子を家に帰したばかりだからな。すぐに見つけてやるぞ」

「うわぁい、ありがとう！　お兄ちゃん」

よしっ、つかみはバッチリだ。母親を捜せることになって、少年は泣き止んだし。

どこで母親とはぐれたかを聞こうとすると、ロキシー様が俺の袖を掴んできた。

ものすごく不服そうな顔をしている。もしかして、俺が彼女のお株を奪ってしまったからか。

「フェイはいいですね。子供にすぐに好かれるから……」

「俺はほら……子供っぽいですから、懐かれやすいんですよ」

「そんなものですか？」

「たぶん……」

こればっかりは俺にもよくわからない。強いて言えば、ロキシー様はもう少し肩の力を抜いたほうがいいかもしれない。

じゃないと相手だって身構えてしまう。敏感な子供だったら、特にそうだろう。

そこら辺はロキシー様の生まれ持った立場上、難しい面もあるから俺からは何も言えない。

「それより、この子の母親を捜しましょう。日が暮れたら見つかりにくくなりますし」

「そうですね……わかりました。ですが、あとで子供とすぐに仲良くなれる方法を聞かせてもらいますからね」

「お手柔らかにお願いします」

もう答えは出ているような気がするけどな。

ロキシー様が少年と仲良くなりたいと思っているのなら、それはきっと時間をかけて言葉や行動の端々に表れて伝わるはずだ。

案外、母親が見つかるまでに少年と仲良くなっているかもしれない。

ロキシー様はめげずに少年と手を繋ごうとするが、逃げられてしまう。

そして、少年は俺のもとへやってきて、俺と手を繋ぐ。

「フェイ、ずるい……私だって……」

「そんなことを言われても」

拗ねるロキシー様をなだめながら、早速少年に母親とはぐれた場所を聞いてみる。

なんか要領を得ないな。あそこだの、人がいっぱいいるところだの言われても、特定しにくい。やはり、小さな子供では明瞭な受け答えは難しいみたいだ。

頭を抱える俺に、ロキシー様がニッコリと笑う。なんだろうか……この得意げな顔は。

「子供の足では、そんなに遠くにはいけません。それにこの子の話を聞いている分では、はぐれてからそう時間が経っていないと思います」

「なるほど……」

「つまり、はぐれたのは人の往来が多い、この大通りのどこかです。ならば、この子を連れて歩いていけば、捜しているだろう母親に出会える可能性が高いです」

「さすが、ロキ！」

「えへっへへ」

やっと役に立てたことがよほど嬉しかったようで、ロキシー様は口元を緩める。

少年はそんな俺たちのやり取りに、母親が見つかるのではないかと希望を持ち始める。

それを示すように、彼はロキシー様の手を受け入れたのだ。

俺が少年の左手を握り、右手はロキシー様と繋ぐ。これでは親子に見られてしまうかな
……いやないな。三人姉弟がいいところか。

「フェイ、どうしたんですか？　早く行きますよ」

「あっ、はい。よしっ、お母さんを捜すぞ！」

「おう！」

少年はすっかり元気になって、俺たちと母親を捜す気満々だ。

大通りは夕暮れが近いこともあり、昼間よりは人が減っている。しかし、それでもまだまだ多い。

ここではぐれてしまっては元も子もない。しっかりと手を繋ぐ。

人波をかき分けて進んでいく。母親の名前を少年から教えてもらい、呼びながら歩いてみるが……見つからない。

二時間くらいは過ぎただろうか。

「ママ……ママァァ………」

あれほど元気になった少年も、とうとう疲れを見せ始めた。俺たちと出会う前から母親を捜していたのだ。

こんなにも幼い体でよく頑張ったといえる。

さて、どうしようか。

もしかしたら、母親は大通りからどこかへ少年が行ってしまったと思って、違うところを捜しに行っているのかもしれない。

ならば、大通りで母親を見つけようとしても無理だ。

「困りましたね」

「日暮れまでまだ時間があります。もう少しだけ頑張って捜しましょう、フェイ」

ロキシー様の言葉に俺は考え直す。一番不安なのはこの子だ。

なのに俺たちが困っていては、何のためにこの子に声をかけたのかわからなくなる。

俺は少年の頭を撫でながら、

「もう一度だけ、大通りを捜してみようか。次は絶対に見つかるぞ」

「うん……」

絶対にと言って、見つからなかったらどうするんですか⁉　って感じでロキシー様が俺を見つめている。そんな目で見ないで。

これくらい言わないと、この子だって元気が出ないから仕方ないんだ。

繋いだ手から《読心》スキルによって読み取れる心の声は、さっきよりも前向きになっているし。

少年の手を引いて歩こうとするが、「ぐぅぅぅぅ……」という音が聞こえてきた。

すぐさま、ロキシー様が俺を糾弾するような目で見る。こんな大事な時に、どういうことですかって感じだ。

いやいや、これは俺じゃないよ。とするなら、一人しかいない。

少年が俺たちから手を離して、自分のお腹を触る。

「お腹すいた……」

俺とロキシー様は顔を見合わせて、母親捜しを一時中断することを決める。腹が減っては戦はできぬみたいな感じで、腹が減っては母親捜しの元気がでぬといったところだ。暴食スキル持ちの俺にはその気持ちがよくわかる。ご飯は元気の源だからな。

「お腹が空いたのなら、食べてからお母さんを捜しましょう。何が食べたいですか？」

「……えっ……いいの？　本当に？」

それを聞いた少年は大喜び。よほどお腹が空いているのを我慢していたのだろう。

微笑むロキシー様は、少年に何を食べさせるべきかを考え出す。だけど、なにがいいかうまく絞り込めないようだ。

少年に聞いてみても、俺たちに気を遣っているのか、なんでもいいと繰り返すのみだ。いよいよ困り果てるロキシー様は、俺に助けを求めてくる。まあ、聖騎士と庶民では食文化が違いすぎるからな。

俺は少年の身なりを見る。お世辞にも良いとはいえない。所々継ぎ接ぎしてある大きめの服。

この子の家は間違いなく、裕福ではないだろう。ちょっと前の俺と似た感じがする。ならば、こういう子が好きなのは決まっている。

「肉にしよう」

「やったあああぁぁ！」

少年が俺の両手を取ってきて、大喜びだ。俺もそれに乗って二人で肉の大合唱を始める。

ロキシー様はそんな様子を苦笑いしながら見ていた。

すると、俺の腹の虫も鳴ってしまい、少年とロキシー様に笑われてしまう。

「あら、フェイもお腹が空いてしまったようですね」

「お兄ちゃんも僕と一緒だ」

「ハハハッハハハッ、一緒だな」

「うん」

《読心》スキルから伝わってくる少年の心は、前よりもずっと元気になっていた。これなら大丈夫、肉を食べ終わった頃にはもっと元気になれる。

お店はどこがいいか……ロキシー様と探してみる。

少年の母親が通りかかった時を考慮して、店内に入って食事をとるのはやめておいたほうがいいだろう。

なら、露店で串肉を食べるのが一番だ。たしか少し進んだ先に串肉を提供する露店があったはず。

「向こうにちょうどいい露店があるから、そこで食べよう」

「は～い」

少年は俺の手を引いて、すぐに行こうと促してくる。やれやれと思っていると、ロキシー様が耳元で言ってくる。

「助かりました。ありがとうございます！」

「そんな……元はロキの提案だったじゃないですか」

「それを形にしたのはフェイですよ」

柔らかな声と共に褒められてしまい、顔が熱くなるのを感じた。幼い頃から他人に褒められ慣れていない俺としては、それが妙にこそばゆかった。

ロキシー様は俺と少年より先に行って、様子を見てくるという。

様子も何も、あの露店はほぼ年中無休で開いているはずだ。今日だけ閉まっていることはない。

案の定、俺と少年が露店へ着くと開いていた。夕食時間にはまだ早いとあって、行列は少ししかできていない。

えっと、ロキシー様はどこに……おおっ、いた。

ちゃっかりと列に並んでいるではないか。向こうも俺たちを見つけたようで、手を振ってくる。

「フェイ！　こっちですよ」

あんなにもブンブンと手を振る彼女は、見たことがない。いつもなら胸の前でお淑やかにちょっとだけだからだ。

町娘の変装によって、開放的になっているのだろう。

こうなったら、俺もしっかりと手を振って応えよう。

「今、行きます！」

「お姉ちゃん！」

駆け寄ってロキシー様に合流する。前に並んでいるのは三人ほどなので、すぐに串肉は食べられるだろう。

いい匂いが間近に漂ってくる。すると、またしても腹の虫が「ぐうぐぐぅぅぅ」と鳴ってしまう。

「あっ、お兄ちゃん、また鳴った」

「まったく……フェイは食いしん坊ですね。フフフフッ」

「ワハハハッハッ」

そんなに笑わなくてもいいだろう。

腹の虫も鳴かして待っていると、とうとう俺たちの順番がやってきた。

「お客さん、どれにしますか？」

一人一本ずつ注文することになった。問題は、味付けをどうするかだ。

スタンダードなタレにするか、あっさりと塩、香辛料でいくか。それとも、ハーブを使った香り焼きにするか……悩ましい。

するとロキシー様がとても魅力的な提案をしてくる。

「なら、三つとも買って分け合って食べましょう」

「いいですね」

「わ〜い、賛成!!」

注文内容がまとまったので、露店のおじさんに伝える。

「三種類を一本ずつ、お願いします」

「へい……………お待ち！」

出来上がった三本の串肉を受け取っていると、俺の懐にもうお金がないことに気がついた。

そんなことはわかっていましたとばかりに、ロキシー様が店主に支払いを済ませる。

「ありがとうございます……」

すると、周りを気にしながらこっそりとロキシー様が囁(ささや)いてくる。

「いいのですよ。私はフェイの主ですから、このくらい当然です」

露店の横に移動して、早速食べることにする。

俺はタレの串肉、少年は塩・香辛料の串肉、ロキシー様は香草の串肉だ。どれも実に美味しそうである。

「「「いただきます！」」」

まずは一口！　うん、肉が柔らかくてとろけるようだ。そして、肉を引き立てるようなタレが最高だ。人気の露店だけのことはある。

少年を見ると、美味しそうに串肉を食べている。薄ら(うっす)と涙を溜めているので、相当うまいのだろう。

ロキシー様は……あれっ、まだ食べていない。

「どうしたんですか？」

「いや……その……お皿に載っていない食べ物は初めてなので、かってがわからなくて」

ロキシー様は口を大きく開けるのが恥ずかしいようだ。まあ、庶民の食べ物だからな。

聖騎士が食べる上品な料理とは全く違う。

露店なんてところで出る料理は基本的に早い、うまい、安いが売りだからさ。そこに上品さはない。

「こうやって、口を大きくして食べるしかないですよ」

「ううぅぅ……頑張ってみます」

やっぱり恥ずかしいみたいで顔を反対側に向けて、ロキシー様は食べ始める。

一口でガブリといけばいいのだが時間がかかっているところをみるに、手こずっているようだ。

そして、俺と少年が見守っていると、

「うっ⁉　……とっても美味しいです」

もぐもぐと口を動かしたロキシー様がこっちへ振り向いていう。思いのほか、お好みの味だったようだ。

「この柔らかい肉……口の中を駆け抜ける香草の風味……素晴らしいです。もう一口……」

「ロキ、忘れてないですか。皆で回し食べしようって」

「ああ、すみません。フェイみたいに食いしん坊になってしまいました」

舌をちょっとだけ出して、反省するロキシー様。そして、手に持っていた香草の串肉を俺に向けてくる。

「はい、どうぞ」

「えっ……自分で食べられますよ」

「嫌なのですか？」

「そんなことはないです」

「ならっ、ほら」

半ば無理やり香草の串肉を口の中へ。もう食べるしかない。

もぐもぐと……これもうまい！　ロキシー様が言っていた通り、口の中に爽やかな香草の風味が広がっていく。

こってりとした肉汁がこの香りによって、後味さっぱりに塗り替えられている。

「すごく美味しいです！」

「でしょ！　フフフフッ」

そして笑い出すロキシー様に俺は首を傾げる。

もしかして、口に肉汁とかがついているのだろうか。口元をゴシゴシと拭いていると、

「ああ、違いますよ。ほら、フェイはいつも食事をとる時、とても美味しそうに食べるではないですか。間近で見てみると、フフフフッ」

「俺ってそんなに美味しそうに食べてますか？」

「そうですよ。ではもう一度、確認してみましょう」

「勘弁してくださいよ」

「駄目です」

またもやロキシー様が俺に串肉を食べさせようとしていると、なんだか……生温かい目線を感じる。

ふと見れば、少年が俺たちを呆れた顔して見ているではないか。

すぐに我に返った俺とロキシー様は、わざとらしく咳払いをしながら、

「俺ばっかり食べさせないで、彼にもあげてください」

「そっ、そうですね」

少年がお腹を空かせていたから、露店の串肉屋に来たのに何をやっているのだか……俺たちは反省する。

その後は少年も加わって、味の違う三本の串肉を分け合って食べていった。

お腹が少しは膨れた少年は元気を取り戻して、また母親を捜す力が湧いてきたようだ。

「お兄ちゃんたち、僕……頑張るよ」

「おう、その意気だ」

「そうですね。頑張りましょう！」

もう一度大通りを歩き回りながら、少年の母親を捜していく。二時間ほどかけながら、必死になった。

しかし、見つからない。せっかく頑張ったのに、これでは……。

「ママ……」

取り戻した元気も底をつき始めている。俺たちが少年に呼びかけても、あまり反応を示さなくなっている。

ただ、呟くように母親を呼ぶだけだ。

日はいよいよ暮れ始める。あの夕日が沈みきったら、さすがに母親を捜すのは中断した方がいいだろう。

どうするか……一旦、ハート家の屋敷で預かってもらうのが一番だろう。

少年に気づかれないようにロキシー様に目線を送ると、彼女は俺の意図を汲み取ったようで、静かに頷く。

初めから、母親が見つからなかった時はそうするつもりだったようだ。俺は彼女の顔を見て、ホッとした。

「もう……歩けないよ、お兄ちゃん」

俺の手を弱々しく引いてみせる少年。

疲れ果てた少年はとうとう歩けなくなってしまったようで、俺がおんぶすることになった。

「ごめんなさい」

「いいって、そうだな。ちょうどいい、あそこの広間にある噴水で休憩するか」

「うん」

大通りを過ぎた先にある広間。そこの中央には大きな噴水が設置されている。とめどなく溢れ出す水の飛沫は、地下深くから水を汲み上げているものらしい。

俺はたまに喉が渇いた時、この噴水で潤していたりする。それほど、この噴水は透き通った綺麗な水なのだ。

俺たちは噴水の縁に腰を下ろす。水が跳ねる音を聞きながら、少年にこれからのことを切り出すタイミングを計っていると、その微妙な空気に、少年もなんとなく何かがあると理解しているようだった。

「もう日が暮れる。だから、お母さんは明日また捜そう。絶対に見つけるって言っておいて、ごめんな」

「ううん、お兄ちゃんたちがいてくれてよかった。僕だけだと……捜せなかったし」

その後はロキシー様が引き継いだ。少年を迎え入れるハート家の屋敷は彼女の家だから、ここから先は俺がいうことじゃない。

「今日は、私の家に泊まりましょう。しっかりとおもてなししますよ」

「……うん」

どうしようかとしばらく悩んだ末、少年は力なく返事をした。まあ、半日程度一緒にいたと言っても今日会ったばかりの他人だ。心細くて仕方ないのはわかる。

でも、このままこの場所に一人でいるわけにはいかない。そんなことをしていたら、この前のような人攫(ひとさら)いに出くわしてしまうかもしれないのだ。

返事をしたものの噴水から動こうとしない少年を、俺たちはゆっくりと待つことにした。良かれと思っても、無理強いはできない。

少年がこれが最後とばかりに、空を見上げて母親を呼ぶ。

あれほど、時間をかけて捜し回ったんだ。届くとは思えなかった。だけど――。

「坊やあぁぁぁ、坊やああぁぁぁぁぁぁ」

女性の声が俺たちの後方から聞こえてくる。何度も何度も聞こえてくる。

「ママァァアアァァ！」

少年が目を見開いて、駆け出していった。やっぱり最後はこう来なくてはっ！

抱き合う親子を見ていると、そう思わずにいられない。

俺はロキシー様と一緒になって喜び合う。

「良かったですね」

「はい、一時はどうなるかと思いましたけど、なるようになりましたね」

親子の再会を見守る俺たち。

ロキシー様の手がそっと俺の左手に重なる。彼女は何も言うことはなかったけど、《読心》スキルから流れ込んできた。

その感情は温かくて、俺にはもったいないくらい優しいものだった。

しばらく抱き合っていた親子は、しばらくしてやっと落ち着いたようだ。そして、少年が母親に何やら話し始める。

俺たちを指差しながら言っているので、大体の予想はつく。

それを聞くやいなや、母親は俺たちのところにやってきた。

「この子がお世話になったようで……ありがとうございます。迷子になっている間、面倒を見てもらって本当に助かりました」

「お兄ちゃん、お姉ちゃん、ありがとう！」

「もう迷子になるんじゃないぞ」

「お母さんから離れないでね」

「うん」

母親の話では、内職の品物を商店に届けている時、ちょっと目を離した隙にはぐれてしまったそうだ。

気が付いたときには息子がいなくなっており、慌てて捜し回ったという。

初めは大通りを捜していたが、もしかしたら大通りから外れて裏道に入ったのではないか。そう思い至った母親は今まで俺たちとは別のルートで捜していたみたいだ。

なら、あれだけ捜しても出会わないわけだ……納得。

そして、息子が見つからずに疲れ果てた母親は、噴水で喉を潤そうとここへ来たという。

俺たちはたまたま噴水で休憩を取っていただけなので、この再会はただの偶然だった。

でも、少年と母親の気持ちが最後は届きあった結果なのだと思いたくもなってしまう。

母親に散々お礼を言われているうちに、少年は疲れが出てしまったのか……母親の腕の中で眠ってしまった。

家路につく親子を見送りながら、俺たちはやっと肩の荷が下りた。お節介にも迷子に声をかけておいて、見つからないではやっぱり後味が悪い。明日また捜そうっていう先延ばしもまた同じだ。

あまり慣れないことをやるものではないな。この前の孤児の少女といい、俺はちょっと強くなったからと言って、調子に乗っていたのかもしれない。気が大きくなっていたのかもしれない。

今回ばかりはロキシー様がいてくれて良かった。もし俺だけだったなら、一人で声をかけたのはいいが、一向に見つからない母親に途方に暮れていたかもしれない。

あの時、少年をハート家の屋敷で見つかるまで預かってもいいと言ってくれて、どれだけ心強かったか。

ロキシー様はもう姿が見えなくなった親子が歩いていった道をずっと眺めている。目に薄らと涙をためている彼女の姿はとても尊かった。

そして、一筋の涙が頬を伝って落ちていく。沈みゆく夕日の光を乱反射させる。

ふと俺の視線に気がついたロキシー様がこっちを向いて、ニッコリと笑う。

「良かったですね」

俺は何も言えなくなってしまった。その姿があまりにも、俺の胸を締め付けるからだ。恥ずかしながら、呼吸すら忘れて、彼女に見惚(みと)れてしまった。おそらく、俺の顔は真っ赤なはず。夕日の色で目立たなくなっていることを祈るばかりだ。

使用人である俺が主にこのような顔は見せられない。

「どうしたんですか、フェイ？」

「いいえ、なんでもありません。さすがにそろそろ帰らないと上長さんに叱られますよ」

「その時は一緒に叱られましょうね」

「……それは……」

嫌だと言いたかったけど、彼女の顔を見ていたらどうでも良くなってしまった。

まあ、迷子の件は俺がロキシー様を巻き込んでしまったことだし。あの怖い上長さんに叱られるのも、半分は俺のせいでもある。

「はい、付き合います」

「よろしい。では、帰りましょう」

相変わらず堂々たる歩みだ。町娘に変装したとしても、中身は変わらず聖騎士なのだ。

俺はそんな敬愛すべき主――ロキシー様と一緒にハート家の屋敷に戻っていく。

今日はいろんなことがあったけど、俺の中で忘れられない一日になってしまった。

彼女は素晴らしい人だ。心からロキシー様の使用人になれてよかったと思う。

「フェイ、そんなに嬉しそうな顔して、どうしたんですか？」

「秘密です」

「えっ、いいじゃないですか……教えてくださいよ」

「こればかりは駄目です」

「もうっ」

頬を膨らませて俺になんとか白状させようとするロキシー様。俺はタジタジになってしまう。

ずっとこんな日々が続いて欲しいものだ。

＊

いつもの夜の狩り。俺は武人のパーティーにほんの僅かだけ、わざと姿を見せ続けている。

そして集まった目撃情報から、俺のことはリッチという凶悪な魔物ではないかと推測されるようになった。

その魔物は黒いフード付きのボロ布を着込んで、体には肉がついていないという。まさに、俺が変装している姿に合致するものがあった。

今日も夜空は雲一つなく、絶好のナイトハンティング日和だ。腕に覚えがある命知らずの武人たちがゴブリン草原やホブゴブの森へと繰り出している。

そんな中、リッチになりきった俺は縦横無尽に月夜のゴブリン草原を駆ける。

ゴブリンを見つけては首を落とし、武人を見つけてはわざと姿をちらりと見せる。

それを繰り返しているうちに、段々と武人たちの間で俺の存在を問題視する声が大きくなっていくことだろう。

俺が10匹のゴブリンを斬り殺して、一息ついていると、草むらから悲鳴が上がった。

「リッチだぁぁ！　ムクロが出たっ、みんな逃げろ！」

厳つい顔をした武人の男が、髑髏マスクを着けた俺を見た途端、顔を青くして逃げていく。

最近、俺は通称ムクロと呼ばれるようになった。なぜかと言うと、ゴブリンたちの死体（骸）の山の上で佇んでいるのをよく目撃されるという理由からだ。

武人の中では、ゴブリン好きのリッチさん――ムクロは、そのうち人を襲いだすと口々に言われている。なぜなら、本来の魔物は人間が大の好物だからだ。

変わった魔物だが、あれは絶対に人を狙い出す……行きつけの酒場でも、隣に座った武人たちがそう言って不安そうな顔をして、やけ酒を呷（あお）っていた。

酒場の店主も、今はムクロが出現する時間帯が深夜に限定されているので、まだ物流に目立った影響は出ていないという。だが、噂が王都の外に出てしまえば、話は違ってくるかもしれないと困っていた。物流が滞れば、仕入れ値が上昇して、酒場の経営を圧迫しかねない。

俺は店主に心のなかで謝りつつも、聖騎士様の登場を待っていた。

しかし次の日、もう少しのところで、どうしても避けられない用事ができてしまう。

ロキシー様からかねがね誘われていた、ハート家の領地への同行だ。

折角、後ひと押しでブレリック家の次男ハドを引っ張り出せそうだったのに……非常に残念だ。

＊

「浮かない顔をしていますね。フェイは領地へいくのが嫌でしたか……」

馬車の中、口を尖(とが)らせたロキシー様が俺を見つめてくる。この中には俺と彼女しかいない。

なのに俺は他のことを考えてしまっていた。ブレリック家のハドをおびき出す作戦が続行できなかった件だ。

いけない、いけない。これでは楽しいロキシー様の帰省が台無しだ。

「そんなことはないです。すごく楽しみにしていました！」

「本当ですかぁ？」

すごく疑う目で見られてしまう。そんなにさっきはつまらなそうな顔をしていたのだろうか。

「本当ですって！　今はぶどうの収穫時期なんですよね。一緒にぶどう摘みするのが、楽しみでしかたないです！」

「まあ、憶えていてくれたのですね」

「当たり前ですって」

彼女は毎年、この時期に領地へ帰った時には、領民たちと一緒にぶどうの収穫をしているのだ。ロキシー様としては、領民たちと交流できる数少ないイベントらしい。馬車に乗ったときからルンルン気分なので、それをとても大切にしているのが見て取れる。

ロキシー様の領地は、王都より北に進んだ山間にある。今は秋だけど、冬の季節になったら、一面が雪景色に変わってそれなりに厳しいところみたいだ。

しかし、領民たちと一丸となって、何世代にも渡って土壌改良を繰り返した結果、豊かな土地になった。今では厳しい冬にむけて、農作物を収穫して備蓄するだけにとどまらず、王都へ大量出荷するまでになっている。

　ワイン以外にも、いろいろな農作物で王都に貢献できることが、ハート家の自慢だという。

「ロキシー様から聞いただけで、素晴らしいところだとわかります。食べ物が美味しそう！」

「フフフッ、フェイはすぐに食べ物の話ですね。たしかに、豊かになったのはいいのですが……その農作物を狙って、この時期に魔物がやってくるようになったのです。私はそれを討伐するためもあって、領地に帰っているんです」

「魔物ですか……本当にどこにでも湧いてきますね」

　俺が眉を曲げてそういうと、ロキシー様は口元に手を当てて、笑う。

「困ったものです。ですがこの時期、追い払ってしまえば来年までやってきません。一応、私も聖騎士ですから、それくらい造作もないですよ」

「さすがですね。あの……その魔物って何ですか？」

「コボルトです」

　コボルト……たしか、二足歩行する犬みたいな感じの魔物だ。体格は俺よりも大きかったはず。

ゴブリンよりも格上の魔物で、武人でもかなりの実力者でないと討伐は無理だと聞く。そして、群れ意識が強く、仲間が攻撃されると遠吠えをして次々と援軍を呼ぶ。さらに鼻がよくきくので、茂みなどに身を隠しても、すぐに見つかってしまうらしい。あと、執念深い性格だとか。

戦う相手としては、結構厄介な魔物だ。

そんなことを考えていると、腹の虫が鳴ってしまう。

ぐぅぅぅ……。

「フェイ、どうしたんですか。お腹が空いてしまったんですか？　先程食べたばかりなのに」

最近ロキシー様の前で腹を鳴らしてばっかりだ……恥ずかしい。

これはきっと暴食スキルが求めているんだ。なんせ、ずっとゴブリンばかり喰わせていたから。

そろそろ、違う魂を喰わせろと俺を促しているのだろう。

俺は苦笑いで誤魔化しながら、

「すみません。あんなに食べたのに……またお腹が減ってしまいました」

「フェイは本当によく食べますね。いいことだと思いますよ。もうすぐ、領地に着きますから、もう少しの我慢です」

そう言って、ロキシー様は馬車の窓から、外を眺める。

山の向こうまで広がるぶどう畑だ。どの木も紫の粒がたわわに実っている。

そして、すこし馬車が進むと、大きな屋敷が見えてきた。それは、王都にあるハート家の屋敷に引けを取らない大きさだった。

第15話　邪刻紋の少女

馬車が屋敷の前に付けられると、一人の女性が両脇をメイドに支えられながら現れた。

見るからに病弱そうな顔つきをしている。そしてロキシー様によく似ており、とても美しい。

おそらく、彼女は――

「母上、出迎えは不要だといつも言っているではないですか！」

ああ、やっぱりロキシー様の母親だ。

いつもの彼女との茶会で、大病を患っている母親がいると聞いていた。そんな方がまさか出迎えてくれるとは、誰が予想できよう。

今にも血を吐きそうなくらい顔色が悪いし、いつ倒れてもおかしくない感じだ。

俺から見てもそう思うのだから、肉親であるロキシー様の慌てようは相当なものがあった。

最後の肉親なのだから、当たり前の話か……。それにしても、五大名家であるハート家の地位と財力をもってしても治せない大病か……。

「お願いですから、無理をしないでください」

「大丈夫よ、ロキシー。今日はいつもより調子が良いの……あら⁉」

母親の前でオロオロしているロキシー様。そんな彼女を制して、俺を見据える。

その顔はまるで……とても面白い玩具(おもちゃ)をもらった子供のようだ。

「まあまあ、この方はどなたです？」

「彼は……フェイト・グラファイト。私が新しく雇った使用人です。母上に紹介したいと思い、連れてまいりました」

俺はロキシー様の紹介に合わせて、頭を下げる。

「私は、アイシャ・ハート。この度は、よく来てくれました。歓迎しますよ」

「ありがとうございます。よろしくお願いします！」

「はい、こちらこそよろしくお願いしますね。さあ、中に入って」

アイシャ様の指示によって、控えていたメイドたちが俺を半ば強引に屋敷の中へ引き入れていく。おおっ、これって歓迎されているんだよな……。

すると、ロキシー様だけが外に置いていかれる羽目に。

「ちょっと、母上！　彼は私の使用人ですよっ！」

俺が無理やり連れて行かれた先は、豪華な客間だった。そこの窓辺にある小さなテーブルの席に座らされる。そして、やっとメイドたちの拘束から解放された。

俺の前の席に座るロキシー様の母親。アイシャ様は、結構強引な人だと思う。

少し遅れて、ロキシー様がやってきた。頬を膨らませているところを見るに、勝手なことをする母親に少々お怒りのようだ。

「母上！」

「まあ、ロキシーもきてくれたのですか。さあ、こちらに座って」

「もうっ」

そう言いながらも、ロキシー様は素直に言われた席に座る。どうやら、帰省したらまずは茶会を開くのが、ハート家の恒例らしい。

ロキシー様の茶会好きは、もしかしたら母親の影響かもしれない。

そう思って微笑んでいるとアイシャ様が、

「フェイトさんは、ロキシーのことが好きですか？」

えええっ⁉　飲みかけたお茶を吹きかけるところだった。というか、ちょっと吹いてしまった。

開口一番そんな質問だったので狼狽えまくっていると、ロキシー様が顔を赤くしてカンカンに怒り出す。

「いきなり、なんてことを聞いているんですかっ」

「あら、まずかったかしら。私はただ、雇用主として好きかどうかを聞いただけですよ。もし嫌々働かされていたら、彼にとって幸せとはいえないでしょう？」

ああ、そういうことか……驚いた。違った意味だと思ってしまった。平民と聖騎士だ。身分が違いすぎる。たとえ想っていても、叶うものではない。

アイシャ様はニッコリ笑いながら、再度聞いてくる。

俺の答えはあの時から決まっていた。

「ロキシー様をとてもお慕いしています。もし許されるなら、この命が尽きるまでお仕えしたいと思っています」

「まぁ!?」

俺がロキシー様への忠誠を示すと、アイシャ様は両手を上品に合わせて、喜んでくれる。

これは俺の偽りのない本音だ。

その言葉にお茶を飲んでいたロキシー様が、激しくむせ始める。そして、俺を見て顔をみるみる赤くすると、「しばらく、自室で休ませてもらいます。では」と言って逃げるように部屋から出ていってしまった。

なにか、マズいことをいってしまったのだろうか。不安になる俺にアイシャ様は嬉しそうにいう。

「どうやら、ここへ来るまでの旅の疲れが出てしまったのでしょう。王都での多忙な職務もあったことでしょうし。ゆっくりと休めば、いつものロキシーに戻りますから、安心して」

「……はい」

突然のロキシー様の退場によって、取り残されてしまった俺。しかし、アイシャ様は話上手な人で、領地内で新たなぶどうの品種改良に力を入れているとか、ロキシー様の幼少時代についても教えてくれた。

「そんなことがあったんですか」

「そうなのよ。ロキシーは幼いころ、とても泣き虫だったの。こんな小さな虫を見ただけでも、泣いてしまうくらいなの。今では聖騎士をしているのが、信じられないほどよ」

その時に一瞬見せたアイシャ様の顔は悲しそうだった。大切な夫を失い、その重責が残された娘にかかっているのが心配でしかたないのだろう。

だから、俺は胸を張って言う。

「ロキシー様は立派な聖騎士様です。王都でも多くの民から信頼されています。ハート家の当主として、ロキシー様は立派にお務めになられていると俺は思います」

「そう……安心したわ。……ありがとうね」

アイシャ様は少し涙ぐんでいた。やはり、前当主を亡くしたことが、ハート家にとって大きな傷となって、未だ癒えていないのかもしれない。少なくとも、俺にはそう感じられた。

しんみりとしてしまった茶会はそこでお開きとなった。アイシャ様の体調のこともあり、部屋の隅で控えていたメイドたちから、そろそろ休息の時間だと告げられたからだ。

俺はアイシャ様に茶会のお礼を言った後、やることもなかったのでハート家の領地を散策してみることにした。一応、メイドの一人に領内を散歩してもいいのか確認を取ったら、迷子にならない程度にお願いいねと言われてしまった。

俺は「そんな遠出はしませんよ」とだけ答えると、黒剣グリードをメイドに預けて屋敷を出ることにした。

いやぁ……それにしても、広大なぶどう畑だ。鼻腔をくすぐる甘い香りがなんとも言えない。

青い空に、緑を敷き詰められた大地は素晴らしいコントラストだ。

気持ちよく歩いていると、ぶどうをせっせと収穫している人たちが見えてきた。とても忙しそうだ。

そういえば明日、ロキシー様と一緒に、領民たちとぶどうの収穫をする予定だった。俺はぶどうを収穫したことがないので、要領がわからない。ぶっつけ本番でやって失敗したり手際が悪かったら、ロキシー様の使用人として主様に恥をかかせてしまう。

ここは一つ、予行演習をしておくべきだろう。俺は意を決して、ぶどう摘みをしている人々に声をかけた。

「こんにちは、ハート家で新たに使用人をすることになったフェイト・グラファイトといいます。よかったら、ぶどうの収穫方法を教えてもらえませんか？」

しばらく沈黙が続く。

もしかして、ダメだったか……やっちまったか、俺。

と思ったが、

「おおおっ、手伝ってくれるのかい!?　それは助かる。さすがはハート家の使用人だ」

おじさんやおばさんたちが手を止めて、集まってきた。そして、ぶどうの摘み方や、収穫したぶどうをどこに運ぶのかを丁寧に教えてくれる。

やっぱりハート家の領民たちだけあって、気のいい人たちばかりだ。

……なんて初めは思っていたが、気付けば俺は夕暮れまで馬車馬のように働いてしまった。

みんな働き者すぎるから、途中で抜けるに抜けられなかったのだ。

畑の隅で一息ついていると、おじさんたちがやってきて、搾りたてのぶどうジュースを振る舞ってくれた。

「助かったぞ。ほら、これを飲めば疲れが取れるぞ」

「ありがとうございます」

酸味がほんのりと利いた甘さが口の中に広がって、ぶどう摘みの疲れを癒やしてくれる。

これほどのジュースは飲んだことがない。

「とても美味しいですね」

「ハッハッハ、そうだろう。自慢のぶどうから搾ったジュースだからな。まあ、昔はこれほどのぶどうは取れなかったがな」

「そうなんですか」

「ああ、亡くなった先代の当主様が土壌改良にご尽力されてな。他の地域から知識を持った者を呼んでは、領民一丸となって学んだものだ。今となっては、懐かしい思い出だ。そのおかげでこれほどのぶどう園が出来上がった」

おじさんたちはしんみりとして、ぶどうジュースを酒をあおるように飲み干す。

「ロキシー様のご様子はどうだ？　儂らは先代の当主様がガリアで亡くなられたと聞いて、心配しているのだ。優しいお方のことだ。きっと胸を痛めていらっしゃるはずだ」

「ショックを受けておられるとは思います。ですが、ロキシー様はとても強い方です。王都での公務をしっかりとこなされています。俺はあのお方なら大丈夫だと、乗り越えられると信じています」

俺は心に思っていることをそのまま彼らに伝えた。すると、それを聞いていた皆が驚いた顔をして、にっこりと微笑んだ。

そして、次々とぶどうジュースを俺のコップに注ぎ始めたのだ。

「ちょっと、これ以上は飲めませんって！」

「いいだろう。飲め飲め」

「えええええっ」

温かな空気の中、しばらく会話してから俺はハート家の屋敷に帰ることにした。

夕暮れを背にして進んでいると、見慣れない少女が向かいから歩いてくる。

長く白い髪、褐色の肌。見るからにこの国にはいない人種だ。しかも子供には持てなそうな大きな斧を背負っている。

そして、気になったのは体中に施された白い入れ墨だ。何か儀式的なものだろうか。

すると、視線に気がついた彼女は無表情のまま、俺の横で立ち止まった。

「ねぇ、あなた」

子供っぽい可愛らしい声だ。そして、俺に向けられた彼女の目は忌避しそうなほど赤い。

この目は見たことがある。これは……まさか。俺は確かめるために《鑑定》スキルを発動。

ん？　おかしい、何も見えない。

今までこんなことはなかった。なぜだ？

「ねぇ、聞いている？」

彼女は俺の思考を遮るように続ける。おとなしそうな見た目に反して、我が強いみたいだ。

赤い目で俺を睨むように見つめてくる。

「俺になにか？」

「………いいえ、なんでもない。まだ早かったみたい」

「なにが？」

俺がなにを聞いても、すべて無視された。ひたすら一方的な会話だ。

「私、コボルトを追って狩りに来たけど、あなたにあげる。貸し一つ」

「だから、なにが？」

「そのうち、また」

それだけで話は終わったとばかりに、少女は立ち去っていく。

一体……何者なんだ。それにあの赤眼は……俺の暴食スキルが暴走して、飢餓状態になった時と瓜二つだ。

途端に心臓の鼓動が速くなっていく。やっぱり……あの少女は俺と同類なのか？　なら、今からでも追いかけて呼び止めるべきか？

夕日の中へ消えて行く彼女を見ていると、後ろから声をかけられる。

ハッとして振り向くと、ロキシー様だった。

「捜しましたよ。どうしたのですか、怖い顔をしています」

「えっ、そうですか。ハハッハハッ」

笑いながら気持ちを切り替える。帰ったら、グリードに相談してみればいい。

これはロキシー様には関係ない俺の問題だ。……彼女だけには知られたくなかった。

ロキシー様は首を傾げながら、俺の目線の先にいる少女をみて驚く。

「なぜ、ガリア人がこんなところに」

「ガリア人？　あれが……」

今は魔物が跳梁跋扈しているガリア大陸。

だが、大昔は巨大な軍事力を持った大国があったという。栄華を誇っていた大国に住まうガリア人は、粉雪のような白き髪、健康的な褐色の肌をした民族だった。そして何かがきっかけで発生した魔物の大繁殖によって、そのほとんどが死んでしまったそうだ。

生き残った僅かなガリア人たちも他民族との交配が進み、あれほど純血のガリア人に近い姿をしている者は、もういないという。

「あれほどガリア人の特徴を残した人を初めてみました。フェイの知り合いですか？」

「いいえ、ちょっと声をかけられただけです」

「そうですか……」

しばらく、二人でガリア人の少女を見ていた。そして、彼女が見えなくなると、ロキシー様が「不思議なこともありますね」と言って笑った。

「フェイは、何をしていたんですか？」

「ぶどうの摘み方とか教えてもらっていました。そしたら、最後まで手伝う羽目に……なってしまいました」

「ふふふっ、そうですか。明日もあるんですから、無理はしないでくださいね。さあ、帰りましょう」

第16話　摘まみ喰い

ロキシー様とハート家の屋敷に戻ると、夕食の準備で皆が忙しそうにしていた。それなら、俺も手伝いをしようとメイドたちに申し出たが、「いいえ、結構よ」と却下される。

そして、泥んこになった服を指差して、お風呂に入ってくるようにといわれてしまった。

確かに、ぶどうの収穫を夕暮れまで頑張っただけあって、服も俺もひどく汚れている。

妙齢のメイド――マヤさんにつれられて、俺は使用人専用の風呂場に案内された。

一人がやっと入れるくらいの小さな風呂には、湯がなみなみとあふれている。真水とは違う独特な香り。

「これって、もしかして！」

「ふふっ、温泉よ。ハート家の領地内には、数か所ほど源泉が湧く場所があるのよ。それを屋敷まで引っ張ってきているわけ。これはハート家の使用人としても楽しみの一つになっているわ」

「素晴らしいです。これが噂の温泉ですか……」

初めて見る温泉だ。

俺はとめどなく出てくるお湯を手で掬ってみる。

「透明なのに、なんとなくドロっとしてますね」

「そうなのよ。これが肌に良いんだから。君の泥だらけな体も、ピッカピカになるわよ。脱いだ服はこの籠に入れておいてね。着替えはここに置いておくわね」

「ありがとうございます」

いろいろと教えてくれた彼女が風呂場から出ていったので、さっそく服を脱いだ。

ん？　ドアの隙間が少しだけ開いているのに気がつく。そこには、出ていったはずのマヤさんがいた。微笑みながら、そっとこちらを窺っている。

「なんですかっ！」

「背中を流してあげましょうか？」

「けっ、結構ですっ！　一人で入れます！」

顔を引きつらせながらそう言うと、彼女はつまらなそうにドアを閉めて行ってしまった。

びっくりした……気を遣ってくれたのかな。

まあ、そのような冗談を言えるほど使用人が明るいのは良いことだと思う。ここは王都にあるハート家の屋敷と同じ優しい空気がした。

体についた泥を洗い落とし、湯船へ。

ふあああぁぁっ……生き返る。

包み込むような温かさがとても心地よい。もう、俺はこの家の子になりたいとまで思わせるものがあった。まあ、無理だけど。

風呂から上がり、ではさっそく夕食の準備を手伝おうと思ったら、すべてが終わっていた。

ハート家の使用人として、それではまずい。メイドの一人を呼び止めて、何かすることはないかと聞いたら、特になしと言われてしまう。なんでも、俺はロキシー様が連れてきた客人級として扱われているそうだ。

そんな俺に、やっと声がかかった。

「ロキシー様がお呼びよ。ここから奥にある大部屋に行って、さあ」

「わかりました」

テクテクと歩いて、突き当たりにある大きな扉を開ける。

部屋の中央にある大きなテーブルには沢山の料理が並んでいた。

そして、ロキシー様だけがテーブルに座っている。メイドたちは部屋の隅で控えて、いつでも給仕ができる態勢だ。

なるほど……そういうことか。

俺は迷わず、メイドたちの列に加わる。客人級の扱いを受けていても、俺はロキシー様の使用人だ。

主様の給仕は俺の役目というわけだ。

フフフフッ、王都の屋敷でさんざん教え込まれた技術をここで披露しよう。ワインですか、それともスープ……いざっ！

とうとう使用人としても真価を見せる時が来たのだ。そう思っていたが、

「フェイト、あなたはここに座るんですよ。そこではありません、ここです」

「へっ⁉」

ロキシー様が指差したのは、右隣の空席だった。

えっ、いいのか……。俺は恐る恐る横に並んでいるメイドたちを見る。

すると、皆が一斉にその空席を指差すではないか！　これはもう早くいけということらしい。

観念してロキシー様の右隣の席に座る。なんだか、落ち着かない。王都の屋敷ではこの

ようなことはなく、使用人たちと一緒に食事をとっていたからだ。

こんなだだっ広く、そして豪華な場所でメイドたちに見つめられながら食事をするなんて、初めてだ。基本のマナーは教わったが、それは給仕側からだ。

まさか……こんなことになるなんて。

俺が頭のなかでグルグルと思考を巡らせていると、隣にいるロキシー様が楽しそうに声をかけてくる。

「マナーは気にすることはありません。好きに食べてくださいね」

「いいんですか⁉」

「ええ、フェイトはよく食べますから、マナーを気にしていたら時間がかかってしまうでしょ」

実はかなり腹が減っている。ではさっそく、目の前にあるパンを口に運ぶ。

バターの香りが口いっぱいに広がってきて、うまい！

勢いそのままに、パンばっかり食べていたら、控えていたメイドがワインをグラスに注いでくれる。

そんなに、喉をつまらせそうな食べ方をしていたかな。

注いでもらったワインを一気に飲み干す。

「ふぅー、美味しいです」

「そう言ってもらえて嬉しいです。ですが、フェイトはまだパンしか食べていませんよ」

「ああ、そうでした」

ロキシー様に勧められるまま、川魚のソテーを食べる。……うまい！

夢のような食事だが、気になることがあった。

「ロキシー様、あの……アイシャ様がおられないのですが」

すると、彼女はため息を吐きながら言う。

「いつものことです。私が帰省すると、はしゃいで出迎えてくれるのですが……それがたたって夕方になると寝込んでしまうのです」

それを聞いて、俺の食事が止まっていることに気がついたロキシー様が、

「フェイトが気にすることはありません。大丈夫、明日になれば元気になりますよ。いつものことですから」

ロキシー様は笑顔で言ってくれるが、本音は違うように感じられる。

今、彼女の手を触れれば、読心スキルによって心の声がわかる。知りたいと思った。しかし、知ったところでどうなると思い直して、触れそうになっていた手を引っ込める。

「さあ、母上がいない分はフェイトにすべて食べてもらいますよ。さあ、さあ！」

「さすがにこれらの全部はちょっと……」

「さあ！」

俺に食べさせるのが面白いようで、次から次へと料理が置かれていく。

さすがの俺も胃袋の限界に達して、途中で音を上げるほどだった。

こんなに食べたのは生まれて初めてかもしれない。

なんだかんだ楽しかったロキシー様との食事は終わり、俺は宛がわれた客室へと案内される。

「君が来てくれて良かったわ、あんなに楽しそうなロキシー様は久しぶりよ」

案内される途中マヤさんが、そんなことを言った。

父親はガリアで突然の戦死。母親も大病を患っている。そして、王都では多忙な職務。

メイドたちは、今回の帰省でロキシー様のことをとても心配していたのだという。

蓋を開けてみれば、元気なロキシー様だったので、ホッとしたみたいだ。

「ゆっくりと休んでね」

「はい、おやすみなさい」

俺はマヤさんに頭を下げて、部屋のドアを静かに閉める。

ハート家の使用人としての一日は無事に終わった。

さて、ここからはもう一つの時間が始まる。

マヤさんが予め持ってきてくれていた黒剣グリードを手にする。

『よう、幸せそうな顔をしているな。腑抜けた面をしやがって。そんなことでは、コボルトにやられるぞ』

「聞いたところ、ゴブリンよりは格上の魔物だけど、とんでもなく強いわけではないってさ。今のステータスなら問題ないと思う」

『慢心すると足を掬われるぞ。で、コボルトが現れる場所は調べてきたんだろうな』

「ああ、ちゃんと調べたよ」

俺は日中、ぶどうの収穫を手伝う傍ら、何気なくコボルトについて聞いていたのだ。農地を荒らしたり、人を襲ったりする危険な魔物だ。

皆がよく知っていた。

毎年、ここよりさらに北にある渓谷に現れ、そこから下ってくるのだ。

昨日、様子を見に行った者が数匹のコボルトを見たという。

危ないことをしますねと言ったら、風が北から南へ吹いているので、風下となってコボルトに察知されないから大丈夫だと言われた。

長年、コボルトの被害を受けてきただけのことはある。コボルトのみで言えば、もしかしたら武人たちよりも詳しいかもしれない。

俺は黒剣グリードを手にしたまま、深夜になるのを待った。

『時間だ』

「ああ、いこう」

寝静まったハート家の屋敷をそっと出ていく。今日も、月が顔を見せて絶好のナイトハンティング日和だ。

北へ進み、細い山道を登っていく。

「なあ、グリード。今日、変わったガリア人の少女に出会ったんだ。俺が飢餓状態になった時と同じ目をしていた」

『ふ〜ん、そうなのか……で、名前はなんと言った？』

「わからない。鑑定スキルでもダメだった。どういうことなのか、知っているか？」

『特別な何かを持っているってことだろさ。名前がわからないなら答えようがないな。そいつは他になにか言ってなかったか？』

「そのうち、またって言っていた」

『フッ、なら絶対にまた会える。その時まで忘れておけばいいさ』

「なんだよ、それっ」

得意のだんまりを決め込むグリード。絶対に何かを知っている感じがする。だけど、こうなったグリードは、何も教えてくれないので諦めるしかない。

仕方ないので先に進むのに専念する。

たまに茂みからガサガサと音が聞こえてくる。おそらく、うさぎか狐あたりの獣だろう。魔物だったら、大概は飛びかかってくるはずだ。

「ここが、コボルトが入り込んでくる渓谷か」

『やっと違う魔物が倒せるわけか。ゴブリンばかりだと単調でしかたない』

「今日は様子見だけどね」

月の光が届かない薄暗い木の陰でも、暗視スキルがあるので問題なく見える。どこから来ても、見逃さない。

しばらくして、木々に隠れながら2匹のコボルトが渓谷を下ってきた。

青いフサフサの体毛に犬顔だ。二足歩行する犬か……可愛くない。

近づいて来たところを《鑑定》スキルで見てみる。2匹とも同じか。

コボルト・ジュニア　Ｌｖ25
体　力：８８０

筋　力：８９０
魔　力：３５０
精　神：４００
敏　捷：７８０
スキル：筋力強化（中）

グリードの形状を黒弓に変えて、まず1匹のコボルトへ狙いをつける。
僅かに風をきる音がして、魔矢はコボルトの額に命中した。まずは1匹。
《暴食スキルが発動します》
《ステータスに体力＋880、筋力＋890、魔力＋350、精神＋400、敏捷＋780が加算されます》
《スキルに筋力強化（中）が追加されます》
突然に仲間が殺されて、残ったコボルトは周りをキョロキョロと見て、何かしようとする。だが、させるわけがない。続けて二射を放つ。
吸い込まれるように、またもや額に命中。コボルトは地面に倒れ込んで、動かなくなった。

《暴食スキルが発動します》

《ステータスに体力＋880、筋力＋890、魔力＋350、精神＋400、敏捷＋780が加算されます》

あっけないものだ。その後しばらく待ったが、コボルトはそれ以降、姿を見せなかった。たった2匹か……物足りない。

「この時期になったら、ハート家の領地に入ってくるんじゃなかったのか。少なすぎる」

『おそらく警戒しているのだろう。毎年、ハート家の聖騎士が追い払っているのだ。ああやって、下っ端を使って様子をうかがいながら、タイミングを見計らっているのかもしれないな』

「ああ、そういうことか」

斥候として送ってきた仲間が帰ってこないなら、コボルトたちはもうやってこないだろう。

次に狩るときは、コボルトを泳がせる必要がありそうだ。

暴食スキルがほとんど満たされていないけど、我慢するしかない。俺は収まらない空腹感を堪(こら)えながら、帰路についた。

第17話　慟哭を呼ぶ狂犬

次の日、早朝からハート家の領民たちとぶどうの収穫だ。

ロキシー様は手早く朝食を済ませると、自室に戻っていく。俺の方は特に服を着替えたりとか改めて準備することはないので、玄関先で彼女を待つ。

しばらくして、金色の髪を後ろに束ねたロキシー様がやってきた。服装は屋敷内で着ているものと違って、丈夫さを重視した感じだ。装いはとても綺麗な村娘といったところか。

以前、王都で極秘視察のために二人で商業区に行った時、ロキシー様は町娘に変装していた。それと比べても、派手さのない大人しい服装だ。しかし、地味な服だからこそ彼女の美しさが引き立っているように見えてしまう。

「お待たせしました。さあ、行きましょう。皆が待っています」

「はい」

俺はやる気満々なロキシー様にお供する。

黒剣グリードは部屋にお留守番。あいつは魔物狩り専用で、今回のぶどう摘みには邪魔になるからだ。それにハート家の領内は治安がとても良く、盗賊などに襲われる心配は全くない。

今日もよく晴れたいい天気。ぶどう畑を歩いていると、既に領民たちが総出で収穫を始めていた。

ロキシー様はその中で一番年配の老人に声をかける。

「いつもご苦労様です。今年もよいぶどうがとる穫れそうですね」

「ああ、ロキシー様。これはこれは……」

老人は敬うように深々と頭を下げる。すると、領主様のご登場に、周りで作業をしていた者たちが一斉に集まってくる。

手には摘んだばかりの、大粒のぶどうを持っていた。

皆が丹精込めて作った自慢のぶどうを見てもらいたいのだ。

「まあ、今年も良い出来ですね。この前に王都の屋敷に送ってくれたぶどうからも、しっかりとわかりましたよ」

「お褒めいただき、ありがたいことですじゃ」

まとめ役である老人が、嬉しそうに穫れたてぶどうをロキシー様に差し出す。

「では、一粒……とても甘くて美味しいですよ」

それを聞いた領民たちは大喜び。飛び跳ねるものまでいる始末だ。この人たちがどれほどロキシー様を慕っているかがよくわかる。

ロキシー様の歓迎が終わったところで、老人は集まってきたものたちに仕事に戻るように言う。

そして、ロキシー様の横に控えていた俺を見て、ニッコリと笑った。

「君がフェイト君じゃな。話は聞いておるぞ。なんでも、既に昨日のうちにぶどうの収穫を一生懸命になって手伝ってくれたそうじゃないか。さすがは、ロキシー様の使用人じゃ」

「それほどでも……ないですよ」

あまり褒められ慣れしていない俺としては、照れるばかりだ。

その一方で、ロキシー様はご満悦な顔をしていた。

「私が選んだ使用人ですから、フェイトは」

「さすがはロキシー様じゃ。それでは、始めましょうかのう」

「そうですね。フェイトも頑張りましょう！」

「はい、ロキシー様」

俺はもりもり働いた。別にロキシー様の前だから、良いところを見せたいというわけではない……まあ、本音を言えばそれもあった。

ロキシー様は聖騎士だけあって、ステータスにものを言わせて、ぶどうが入った大きな籠を一人で何個も運んでいた。そのたびに、領民たちから歓声が上がるほどだ。

こんな温かな場所にいると俺は不意に不安になる。いつまでここにいていいのか……いられるのかと怖くなる。

暴食スキルによって、俺はこの先ずっと戦い続けなければいけない。

平和なこの場所にそんな人間がいて良いのだろうか。戦いを呼び込んでしまうかもしれない人間が必要とされるのだろうか。

そう思ってしまうと、いつかはロキシー様の側（庇護）から旅立たないといけない時が来る、そんな予感がした。

ぶどうの収穫が無事に終わり、ロキシー様と二人での帰り道。

俺がこの領地に来てから、ずっと気になっていたことを聞いてみる。

「ぶどう園ですけど、なんで南側ばかりに集中しているんですか？　北にはほんの少ししかないのは」

「ああ……それはコボルトの被害によって、昔北側のぶどう園が荒らされてしまったからです。私の曽祖父の代でしょうか」

それほど昔なら、ぶどう園を作り直す時間があったはず。なのにそれができずにいるのは、どうしてか。

ロキシー様は続ける。

「その時に北の渓谷から領地に侵入してきたのが、銀の毛色をした危険なコボルトだったといいます。不幸にも曽祖父が領地を不在にしている時に現れたのも、被害を大きくする一因になってしまいました。あの北の土地には領民たちの血が沢山流れてしまっているのです」

ロキシー様はただ北の土地を見ていた。一緒になってよく見ると、色とりどりの花々が植えられている。

ああ、そうか……。あそこはもう農地ではなく、集団墓地みたいなものなのか。

そんな場所にぶどう園を再度作ることはできないよな。

ロキシー様は言う。同じ過ちを繰り返したくないと……。

＊

今宵も、俺は真っ暗になった屋敷をそっと抜け出す。罪悪感がないと言ったら、嘘になる。しかし、俺が俺でいるためにどうしても必要なことだ。

魔物を倒して魂の摂取をするのを怠れば、俺は一週間も経たないうちに飢餓状態に陥ってしまうだろう。そうなれば最悪の場合、誰かれ構わず人を襲い出すかもしれない。化物にならないためにも、どんな時でも魔物狩りは避けられない。

月には雲がかかりあたりは薄暗いが、《暗視》スキルによって視界は良好だ。

先を急ぐ俺に、グリードが話しかける。

『どうした、フェイト。今日は心が乱れているぞ』

「なんでわかるんだよ。グリードには読心スキルもないくせに」

『俺様を握る手の脈拍からわかるのさ。で、どうした？』

言いたくなかった。暴食スキルのせいで、俺はいつかロキシー様と一緒にいられなくなるのではないか。そんな思いが、頭からはなれない事を。

口に出してしまえば、それが本当になってしまうような気がしたからだ。

『言いたくないなら、いいさ。それより、明日からあの聖騎士がコボルトを追い払うために動き出すそうじゃないか。なら、今日はたらふく喰っておかないとな』

「もとからそのつもりだ」

昨日は2匹だけだった。今日しっかりと喰らっておかないと、ロキシー様が追い払ってしまった後では喰う魂がないのだ。

そして、コボルトを追い払っても、あと二日は様子見で領地に引き続き滞在するらしいので、その間は絶食状態になってしまう。

まあ、なんとかしのいでも、王都に帰ったら即行でゴブリン狩りをして空腹を満たさないといけないという、かなりの綱渡りでもある。

『俺様はフェイトが飢えに耐えかねて、王都への帰り道で発狂する方に賭けるぞ』

「縁起でもない事を言うな！」

口の悪い黒剣グリードに文句をいいながら、昨日と同じ場所にたどり着いた。

ここなら、北側の渓谷がよく見渡せて、かつ風下なのでコボルトに気配を察知されることはない。

長い時間が過ぎていく。もしかして、昨日斥候を倒してしまったから、まだ警戒しているのかも。思わず、欠伸が出そうになっていると、

『来たな』

グリードの声で谷間に目を凝らす。すると、2匹の青い毛並みをしたコボルトがあたりを警戒しながら下ってくる。

斥候だ。昨日のようにこの2匹を殺してしまっては、後続がやってこない。

俺は息を潜めて待った。

2匹のコボルトは安全を確認し終わったようで、渓谷を登っていく。

「本隊が来るかな？」

『ああ、間違いなくな』

グリードの予想どおり、コボルトたちが渓谷に流れる川のように青い毛並みを揺らして下ってくる。

数は50匹ほどか。

ほとんどがコボルト・ジュニアだが、5匹ほど体格が明らかに大きいのがいる。

その中でも、特に1匹だけがさらに大きい。毛並みは青でなく銀色だ。

いち早く、危機を察したのはグリードだった。

『やばいのが来たな。あれは冠(かんむり)だ』

「冠？」

『個体識別名を持った魔物だ。あのようなものが生まれてくるとは、長い年月をかけて相当なヘイトが溜め込まれていたんだろう。鑑定スキルで見たほうが早い』

グリードに促されるまま、《鑑定》スキルを使う。

えええっ⁉　このステータスは……六桁。

【慟哭を呼ぶ者】
コボルト・アサルト　Lv50
体　力：200000
筋　力：200000
魔　力：125000
精　神：135000
敏　捷：125000
スキル：格闘

突出して高いステータスを持つコボルト・アサルトには、他のものとは違って【慟哭を呼ぶ者】という名が付けられていた。これがグリードがいう冠みたいだ。

『フェイト、こいつを領内に入れるのはまずい。さらに、ただのコボルト・アサルトを4匹も引き連れている。これでは、若い聖騎士一人では荷が重い』

「それって、つまり」

『ここでお前が抑えなければ、領内が蹂躙(じゅうりん)されるってことだ』

俺は現状のステータスを確認しながら、息を呑んだ。

フェイト・グラファイト　Ｌｖ１

体　力：５０２０１
筋　力：５００５１
魔　力：２３５０１
精　神：２３５０１
敏　捷：３５９０１
スキル：暴食、鑑定、読心、隠蔽、暗視、片手剣技、両手剣技、筋力強化（小）、筋力強化（中）、体力強化（小）、体力強化（中）、自動回復

黒剣グリードを強く握り締め……覚悟を決める。

ハート家の領民は、守られるべき人たちばかりなんだ。

すべて残さず、喰らってやる。

第18話　暴食による暴食

俺はコボルトたちの様子を窺いながら、行動を始める。

『フェイト、何か考えでもあるのか？』

グリードが面白そうに聞いてくる。しかし、俺がどのような戦い方をしようとしているか、わかっているようだった。

「暴食らしく戦うだけさ」

『やっとわかってきたじゃないか。そろそろ、誰でもできる普通の戦い方からは卒業してもらわなければ、俺様としても困るからな。よちよち歩きで戦うなんて暴食らしくねぇ』

俺は風下であるよう注意しながら、黒弓を構える。狙うはコボルト・ジュニア1匹。

正確無比な魔矢はコボルト・ジュニアの左目に突き刺さる。

《暴食スキルが発動します》

《ステータスに体力＋880、筋力＋890、魔力＋350、精神＋400、敏捷＋78

0が加算されます》

俺の頭に聞こえてくる無機質な声を合図に狩りが始まった。

続けてコボルト・ジュニアに二射目、三射目を放つ。更にステータスの上昇が告げられる。

安全が確認された場所からの攻撃に、コボルトたちの隊列は乱れ始めた。しかし、冠コボルトが唸(うな)り声を上げて、他の者たちを静めていく。

そして、矢が飛んできた方向を見定めて、コボルトたちに指示を出す。

やはりな、そうすると思った。この冠コボルトは強いくせに、慎重な性格なのだ。

それは昨日と今日で斥候を送り、安全を確認してから渓谷を下りてきたことが物語っている。

冠コボルトはその場から動かずに、コボルト・アサルト2匹とコボルト・ジュニア10匹を、俺が潜んでいる方角へと向かわせる。

『来るぞ。後退だな』

「ああ」

俺はそのまま木々の奥へと静かに引き下がっていく。さあ、ここに残った俺の臭いを辿ってついてこい。

程よい距離を進んで見つけた大きな岩の陰に身を隠す。まあ、隠れたところで、ここまで歩いてきた臭いが残っている。コボルトたちは苦もなく俺を見つけるだろう。

そうしてもらわなければ、誘い込んだ俺としても困る。

『来たぞ、フェイト』

岩陰から顔を出して、筋骨たくましいコボルト・アサルトの1匹を《鑑定》する。

コボルト・アサルト　Lv40
体　力：50000
筋　力：50000
魔　力：27000
精　神：28000
敏　捷：45000
スキル：敏捷強化（中）

今の俺が体力、筋力で少し勝っているくらいか。ならば、先に雑魚をいただこう。

岩陰に隠れる俺を取り囲もうとしていたコボルトたちに先制攻撃だ。

岩の上に飛び上がりながら、黒弓をしならせて連射。

コボルト・ジュニアを5匹、6匹、7匹……逃がさない。躱そうとしても、この魔矢は追尾して必ず射貫く。

俺を取り囲んでいたコボルト・ジュニア10匹のすべてを一掃した。

頭の中で聞こえてくる無機質な声に、思わず笑みが溢れてしまう。

雑魚でも集めれば、それなりの力になる。これはゴブリン狩りで学んだことだ。

残る追手はコボルト・アサルト2匹のみ。

ステータスは更に上回ったが、圧倒的な大差ではない。

それでも、仲間を瞬く間に失った動揺があるうちに1匹を仕留めれば、もうあとは楽だ。

俺は大岩から飛び降りながら、黒弓から黒剣にグリードの形状を変える。

我に返ったコボルト・アサルトは右腕を振り下ろして、鋭い爪で俺を切り裂こうとする。

しかし、動くのが遅すぎた。俺はそれを容易く躱すと懐に潜り込み、大木のような腹を真横に両断する。

血しぶきを上げながら、コボルト・アサルトの上半身がずり落ちていく。

《暴食スキルが発動します》

《ステータスに体力+50000、筋力+50000、魔力+27000、精神+280

００、敏捷＋４５０００が加算されます》
《スキルに敏捷強化（中）が追加されます》

これで、もう1匹のコボルト・アサルトは大した魔物ではなくなった。

もう、俺からしたらコボルト・ジュニアと同じ存在だ。苦もなく狩れる。

俺が放つ殺気の質が変わったのを本能的に察したのか、コボルト・アサルトがゆっくりと俺から距離を取り始めた。

途端に、よつん這いになって犬のように逃げ出した。冠コボルトに助けを求める気だろう。

『逃がすなよ』

「言われなくても」

黒剣グリードを黒弓に変え、尻尾をしならせて逃げていくコボルト・アサルトに向かって、魔矢を数回放つ。すべて後頭部へ命中し、絶命していく鳴き声すら許さない。

《暴食スキルが発動します》

《ステータスに体力＋５００００、筋力＋５００００、魔力＋２７０００、精神＋２８０００、敏捷＋４５０００が加算されます》

ものすごい勢いで満たされていく。なんなんだ……この高揚感はまるで身内の暴食スキルが喜んでいるみたいだ。
今までにない高鳴りを抑えながら、《鑑定》スキルで自分のステータスを調べる。

フェイト・グラファイト　Lv1
体　力：16641
筋　力：16121
魔　力：82051
精　神：84701
敏　捷：136041
スキル：暴食、鑑定、読心、隠蔽、暗視、片手剣技、両手剣技、筋力強化（小）、筋力強化（中）、体力強化（小）、体力強化（中）、敏捷強化（中）、自動回復

だいぶ冠コボルトのステータスに近づいてきた。あと、もう1匹のコボルト・アサルトを喰らえば、ほぼ同格だ。
俺は来た道とは違うルートで、冠コボルトたちがいる渓谷へ戻っていく。

そっと木々の隙間から覗き込む。まだいる。

冠コボルトを守るようにコボルトたちが取り囲む陣形だ。

本当に用心深いやつだ。

まあ、お前が送った手下のコボルトたちをいくら待っても、もう戻ってこない。俺が喰らってお前を倒すための力に変えてやった。

代わりに魔矢を送ってやるよ。俺はさらなる力を得るために魔弓を引いて、放つ。

魔矢は複雑な軌道を描きながらコボルト・ジュニアを避けて、その奥にいるコボルト・アサルトに迫る。

しかし、首を射貫こうとした寸前で、阻まれる。

気配を察知した冠コボルトによって、魔矢は素手で掴まれたのだ。

そんな……こんなことが。俺は息を呑む。額からは汗が流れ落ちる。すぐさま、草むらに身を隠して息を殺すが、

「ワオオオオォォォオォォン」

見えないが、おそらく冠コボルトの遠吠えだろう。俺の位置がバレてしまったのか？

そっと、草の隙間から覗いていると、冠コボルトが耳を立てて、忙しなく動かしている。

それが、俺の方を向いて止まる。

クソッ。やっぱりバレている。

冠コボルトは再度、遠吠えをしながら、離れた場所にいる俺を睨みつけてくる。部下のコボルトたちも俺を認識したらしく、グルルルゥゥと唸って威嚇を始める。

これは……まずい。まだ俺のステータスは、冠コボルトに届いてもいない。この状態で、コボルト・ジュニア35匹、コボルト・アサルト2匹、冠コボルト1匹と直接対決するには分が悪過ぎる。

だけど、ここで引くわけにはいかない。そんなことをしたら、このコボルトたちは俺を押しのけた勢いに乗って、ハート家の領地に攻め込んでくるだろう。

脳裏に今日、一緒にぶどうを摘んだ人たちの顔が浮かんでくる。ニコニコとして、とても楽しそうな笑顔。新参者の……見ず知らずの俺も優しく受け入れてくれた人たち。彼らの顔が通り過ぎていく。

そして、皆の中央でロキシー様が微笑んで俺に手を差し伸べてくれていた。

俺は黒弓グリードを握りしめる。

絶対に失いたくない。そう思うと、まだ力が湧いてくる。

「やるぞ、グリード！」

『そう言うと思ったぜ。冠コボルトを避けながら、群れを削っていけっ！』

引けとは言わなかった。グリードにも俺の気持ちが伝わったようだ。さあ、勝ちにいくぞ！

冠コボルトの両脇にいるコボルト・アサルトは倒しにくい。まずは、その周囲にわらわらといるコボルト・ジュニアを喰いながら、ステータスを上げていくしかない。

もう位置がバレている以上、隠れる必要もない。

俺は草むらから立ち上がる。そして黒弓を引いて、可能な限り連射する。

狙うはもちろんコボルト・ジュニアだ。

《暴食スキルが発動します》

《ステータスに総計で体力＋10560、筋力＋10680、魔力＋4200、精神＋4800、敏捷＋9360が加算されます》

倒せたのは12匹。まだまだ足りない。もっとだっ！

チッ、黒弓からの攻撃に警戒し始めた冠コボルトが、コボルト・ジュニアたちを見通しのよい石だらけの場所から、左右の森へ退避させたのだ。

ガザガザという音が近づいてくる。木々や草むらに身を隠しながら、俺に近づいてきているのだ。このままボーっとしていたら、取り囲まれてしまう。

もう、あそこへ行くしかない。堂々と腕組みをする冠コボルト、その両脇に控えるコボルト・アサルトへ仕掛ける。邪魔な雑魚が散らばっている今なら、ある意味でチャンスだ。たとえ、罠だとしても、ここで立ち止まってあぶり出されるよりはマシだ。

グリードも俺と同じ意見のようだ。《読心》スキルから、威勢のよい声が聞こえてくる。

『フェイト、魔弓で牽制しながら接近して黒剣で斬り込めっ！』

「簡単に言うなよ。やるのは俺なんだからな」

『ハッハッハ、でもやるしかないだろ？』

「……当たり前だ」

俺は黒弓を引きながら、飛び出した。足は止めずに、まずは魔矢を一発。挨拶代わりに、冠コボルトの脳天を狙う。

そして、間髪をいれずに右横にいるコボルト・アサルトの首にも魔矢を放つ。

おいおい、なんていう反射神経をしているんだ。

放たれた二発の魔矢は冠コボルトによって、両方共が止められていた。左手で自身の眉間に飛んできた魔矢を退けて、右手でコボルト・アサルトへの魔矢を掴み取っている。

黒き魔矢は、薄らと笑う冠コボルトに握りつぶされる。魔力で構成された魔矢は形を保てなくなり、光の粒子へと変わって儚く消えていく。

やはり、正面から魔弓の攻撃は無理か。格下相手ならまだしも、俺よりもステータスが上の冠コボルトだ。簡単に見切られて魔矢を防がれてしまう。

先程、不意打ちで攻撃を仕掛けたときでも、魔矢を止められてしまったのだ。わかりやすく正面から攻撃すれば、尚更容易いだろう。

でも、やめる気はない。どんどん魔矢を放ってやる。

冠コボルトはそのすべてを叩き落とす。大きな図体に似合わず、器用なやつだ。

どうせ、この攻撃は牽制だ。かなり接近したところで、グリードを黒弓から黒剣へと変える。

狙うのは、冠コボルトの両脇にいるコボルト・アサルトのどちらか。1匹でも倒して魂を喰らえば、ステータス上は冠コボルトに並ぶ……いや少し強くなる。

手っ取り早く形勢を均衡にするためには、これしかない。じゃないと――

「ワオオオオォォォオォォン」

冠コボルトが突然遠吠えを始めた。すると、森へ隠れていたコボルト・ジュニア23匹が顔を出して、俺を取り囲もうと動き出す。

さすがにこれは予想していた。追い詰められて包囲されるか、こうやって仕掛けて包囲されるかの違いだ。なら、攻撃態勢を取れている今の状況のほうがずっと良い。

それにこのタイミングでコボルト・ジュニアたちが来てくれたことは俺にとって僥倖(ぎょうこう)。

なぜかというと、こういった使い方もできるからだ。

俺は飛びかかってきたコボルト・ジュニアの胸を黒剣で貫き、そのまま冠コボルトへ突っ込んでいく。

《暴食スキルが発動します》

《ステータスに体力＋880、筋力＋890、魔力＋350、精神＋400、敏捷＋780が加算されます》

目の前に迫りくる半月の瞳が、俺を睨んできた。それにめがけて、黒剣を振るってコボルト・ジュニアの死体をぶつける。俺はその陰に隠れるように進む。

冠コボルトは忌々しげに唸り声を上げて、投げつけた死体を鋭い爪で切り裂いた。

そして、踏み込んで後ろにいた俺に攻撃を加える。

「くっ……」

左肩に激痛が走る。冠コボルトの左手の爪で肉を切り裂かれたのだ。

だけど、痛みの代わりに冠コボルトを掻い潜り、その右後ろにいるコボルト・アサルトを攻撃できる間合いへ近づくことができた。

喰らってやる。

コボルト・アサルトは牙を見せながら襲いかかってくるが、俺の相手ではない。

黒剣で、振り下ろそうとしている右腕ごと袈裟斬りにする。

《暴食スキルが発動します》

《ステータスに体力+50000、筋力+50000、魔力+27000、精神+28000、敏捷+45000が加算されます》

無機質な声を聞きながら、ステータスの上昇を実感する。

今なら、冠コボルトの攻撃を受け止められるはず。背後から、襲い掛かってくる奴の攻撃を振り向きざまに黒剣で止める。

重い……。ステータスが少し上程度では大して差がないようだ。そうなってくれば、体が俺よりも大きい冠コボルトの体重を活かした攻撃によって、押されてしまう。

止めたつもりが、押し切られてしまい、後方にある大岩に叩きつけられる。

ガハッ。あまりの衝撃に息もできずに、一瞬意識が真っ白になりかける。《読心》スキルを通して、グリードが俺に警鐘を鳴らした。

『目を覚ませ、フェイト！』

その声で前を見ると、冠コボルトとコボルト・アサルトが迫ってきていた。止めとばかりに俺に追い打ちをかける気だ。

すんでのところで、冠コボルトの攻撃を地面に転がりながら躱す。殴りつけられた拳は、大岩を砕く……いや、そんな生易しいものではない。サラサラとした砂へと化して吹き飛んでしまう。

なんて破壊力だ。当たっていたら、間違いなく死んでいた。

あまりのことに驚きながら転がるが、行き着いた先にコボルト・アサルトの蹴りが待っていた。背骨を折らんばかりに何度も蹴られる。

ハッハッハ……こんな時に、ブレリック家のラーファルたちのことを思い出してしまう。奴らの代わりに門番をしていたときも、難癖をつけられて暴行されたものだ。それに比べれば、これくらいっ！

俺はコボルト・アサルトの足にしがみつき、筋力を全開に発揮して引きちぎる。そして、すぐさま地面に転がっていた黒剣を手にとって、止めを刺す。

《暴食スキルが発動します》

《ステータスに体力＋50000、筋力＋50000、魔力＋27000、精神＋28000、敏捷＋45000が加算されます》

さあ、お前に追い付いて、追い抜いてやったぞ。

自動回復スキルによって、肩の傷は癒えていく。有能なスキルだ。

そして荒喰いして得た——止めどなく溢れ出す力を《鑑定》スキルで確認する。

フェイト・グラファイト　Ｌｖ１
　体　力：２７２２０１
　筋　力：２７２３０１
　魔　力：１４０２５１
　精　神：１４５５０１
　敏　捷：２３５４０１
　スキル：暴食、鑑定、読心、隠蔽、暗視、片手剣技、両手剣技、筋力強化（小）、筋力強化（中）、体力強化（小）、体力強化（中）、敏捷強化（中）、自動回復

コボルト・アサルトが全て仕留められたことで、格下のコボルト・ジュニアたちは動揺して怯えだす。陣形はボロボロだ。所詮は犬、本能的な恐怖には抗えないようだ。

俺は冠コボルトと距離を取りながら向かい合う。

コボルト・ジュニアたちが逃げ回る中、ただ１匹だけ冠コボルトが俺を忌まわしそうに睨みつけていた。

第19話　強欲なる一撃

この冠コボルトだけは、やはり他と違う。俺から格上の気配を感じ取っても、なお闘志を失わない。

鋭い半月の目からは、たとえ刺し違えてでも俺を殺してやるという強い憎悪（ヘイト）が湧き上がっている。

冠コボルトは慎重な性格だった。だが、いざ追い詰められると豹変するみたいだ。

しばらく睨み合いが続く。俺は《鑑定》で冠コボルトの所持スキルを調べる。

格闘：素手を用いた超接近戦の攻撃力が上昇する。内部破壊できるアーツ《寸勁（すんけい）》を
　使用できる。

なるほど……。これが奥の手のようだ。おそらく、あの大岩を砂へと変えたのはこのス

キルだ。

ステータス上で俺が上回っていたとしても、ゼロ距離から寸勁の連打をくらってしまえば、ひとたまりもない。骨や内臓が潰されて、あの世行きだ。

まあ、その間合いに入れなければいいだけ。

『フェイト、一気に片付けるぞ。今のステータスなら俺様の第一位階の奥義《ブラッディターミガン》が引き出せる』

「奥義⁉」

『そうだ、奥義だ。それを使えば、こんなつまらん掛け引きなんて、すべて吹き飛ばしてやる』

俺は冠コボルトを牽制しながら、どうすればいいか聞くと、

『簡単だ。お前の全ステータスの10％を俺様に捧げろ』

奥義とやらを使うためには、全ステータスの10％をグリードに吸われるのか……。

第一位階を引き出すときは、全ステータスのほとんどを奪われた。そして奥義を使うときに、また全ステータスの一部を奪われるという。お前というやつは、なんて強欲な武器なんだ。

「5％にまけろよ」

『無理だな。最低ラインで10％なんだよ。威力を上げたければ、もっと寄越せ』

「ケチっ」

『俺様は強欲だからな、ガハッハハハッ』

　この黒剣グリードはどれだけ俺からステータスを奪い取れば気が済むんだろうか。こいつの貪欲さは底なし沼だ。

　それでも、冠コボルトとの戦闘で接近戦はできれば避けたい。戦闘経験では奴が上っぽいので、捨て身の攻撃を仕掛けてきたら、躱しきれずに寸勁で体内を破壊される可能性を捨てきれないからだ。

　だからといって、距離を取りながら黒弓を面と向かって放てば、撃ち落とされる。それは先の戦いで嫌というほど見た。

　もうこれしかない。黒剣から黒弓に形状を変える。そして、威嚇も兼ねて冠コボルトに魔矢を放つ。

　冠コボルトは近くにいたコボルト・ジュニアの首根っこを掴まえて、魔矢の盾に使ってみせた。肉壁となったコボルト・ジュニアは白い泡を吹きながら、息絶える。

《暴食スキルが発動します》

《ステータスに体力＋８８０、筋力＋８９０、魔力＋３５０、精神＋４００、敏捷＋７８

0が加算されます》

俺は無機質な声を聞きながら、第一位階の奥義とやらを使う覚悟を決めた。

「わかったやってくれ、グリード！」

『よく言った、フェイト！　お前の10％をいただくぞ！』

黒弓を持っている左手から、力が吸い取られていくのをひしひしと感じる。

それとともに、黒弓の形に劇的な変化が訪れる。

より大きく、より禍々しく、変容をしていく。

俺の力を吸い取って、一時的に拡張された黒弓は、持っている俺でさえ得体の知れない威圧感を覚えずにはいられない。

これはもう武器ではない、兵器だ。そう思わせるほどの圧倒的な存在感。

『なんて間抜けな顔をしているんだ。さっさと決めるぞ。冠は待ってはくれないぞ』

「ああ、やってやるさ」

『使い方の要領はいつも通り、ただ引いて、ただ放て！　あとはすべて自動補正される』

見るからに強力そうな兵器だ。補正がなければ、到底扱えるとは思えない。

グリードの指摘どおり、冠コボルトに動きがあった。黒弓の大変貌を見るやいなや攻撃させまいと、太い両腕を前に出してガードしながら突っ込んでくる。

腕を失ってでも、あの鋭い牙で俺の喉元に食らいつく気かもしれない。それとも、蹴りで寸勁を繰り出してくるか。どちらにしても捨て身の攻撃には変わりない。

なら、冠コボルトがこの兵器と化した黒弓に耐えきれるか、試してやろう。

『放て！　フェイト！』

グリードの声に合わせて、黒き魔矢――《ブラッディターミガン》を放つ。

反動が半端ない。後ろに大きく押されてしまうほどだ。

雷鳴のような音と共に、放たれた魔矢は黒き濁流へと変わり、冠コボルトを飲み込む。さらに後ろで慌てふためくコボルト・ジュニアたちまで押し流していく。

まさに渓谷に黒い巨大な川が現れたように見えた。

残ったのは、深く抉られた大地の傷だけ。コボルトのコの字すら、見つからない。毛の一本すら残さず消失したらしい。

《暴食スキルが発動します》

《ステータスに総計で体力＋２１８４８０、筋力＋２１８６９０、魔力＋１３２３５０、精神＋１４３４００、敏捷＋１４１３８０が加算されます》

《スキルに格闘が追加されます》

無機質な声からも、コボルトたちは冠もろとも全滅したのがわかる。

兵器と化していた黒弓は力を使い果たし、ゆっくりと元の形へと戻っていく。そして、使い慣れたいつもの黒弓となった。

終わった……ほっとした時、先程得た魂によって、とんでもない高揚感が押し寄せてきた。気持ちよさの度を超えてしまうと、それは苦しみになるらしい。

ぐあああああああぁぁぁ……なんで……。

喉をかきむしり、地面をのたうち回るほどの満たされたという歓喜。いや、狂喜とも言えるものが、身の内から湧き上がってくるのだ。

暴食スキルが、冠をいただく魔物の魂を喰らったことで、俺を苦しめるほどの喜びに狂っている。

朦朧とする意識の中でグリードの心の声が響く。

『フェイト、抑え込め！　できなければ、飢餓状態と似たようになる。いや、もっとひどいことになる。堪えろ、飲み込め！』

「そんなことを言ったって、これは……」

俺は近くにあった岩に頭を何度か打ち付けながら意識をどうにか保って、暴食の大波が治まるのをひたすら待ち続けた。

『落ち着いたようだな』

「ああ、全くひどい話だな。冠を喰うといつもあんな感じになるのかな」

俺はうんざりしながら、口元から垂れ流したよだれを袖で拭い、額の傷を確認する。

自動回復スキルによって、きれいに治っている。

持っていると安心の自動回復スキルである。

『まあ、初めて良質の魂を喰らった反動だろう。これで慣れたろうから、次からは暴食スキルもあそこまで狂喜して、暴走をしないだろう。正直、天竜クラスを喰らったら、どうなるかわからんがな』

「生きた天災なんか、喰えるわけないだろ！」

『ハハッハッ、そうかもな』

その場に座り込み、夜空を眺める。雲で隠れていた月は顔を出して、辺り一面を照らし始めていた。

コボルトたちの進撃は完全に止めた。しかし、月の光で全貌が露わになった渓谷に、俺は絶句した。

「やり過ぎだ！　あんなに美しかった渓谷が……」

『それくらい気にするな。勝つなら圧倒的な勝利だ。これに限る。なあ、フェイト』

「どうするんだよ……これ。朝になったら、きっと大騒ぎになるぞ」

『問題ない。地形すらも千年も経てば、変わってしまうのだ。渓谷の緑を丸裸にしたくらいで大袈裟な。百年くらいで戻るだろう』

無機物なグリードは、俺と同じ時間の流れの中で生きていないようだ。たかが百年くらいって……。

本当にどうするんだよ、この惨状を。

木々は根こそぎ倒れて、自然豊かだった渓谷は見るも無残な有様になっていた。

さて、ロキシー様が治める領地の危機は退けた。しかし、これを一体……どうおさめるか。俺には全くいい考えが浮かばなかった。

第20話　約束という誓約

俺は夜が明ける前に、どうにかハート家の屋敷に戻った。

冠コボルトとの戦いや、その後に起こった暴食スキルの歓喜により、へとへとに疲れていた。

黒剣グリードを部屋の机に立てかけてベッドに倒れ込むと、あっという間に意識は暗転してしまう。

……窓から差し込む強い陽の光で、目を覚ました。

ん？　あの太陽の高さから見て、時刻は昼近くではないだろうか。

もしかして、大爆睡をしてしまったのか。俺は慌てて身だしなみを整えると、部屋から飛び出した。

そしたら、近くを通りかかったマヤさんがくすりと笑いながら、俺にいう。

「お寝坊さん、やっと起きたのね。そんなことをしているとロキシー様からクビにされちやうわよ」

「ええええっ、それだけは……。ロキシー様はどこですか？　この失態を謝らないと……」

オロオロとする俺を見て、マヤさんは楽しそうだ。なんだよ、俺がクビになるかもしれないのに笑うことはないだろっ！　なんて思っていると、

「笑ってごめんね。だって捨てられそうな子犬みたいな顔をするんですもの。おかしくて、フフフッ。あらまた、ごめんなさい。でも、安心して。さっきのは嘘よ」

「どういうことですか？」

「爆睡している君をそのままにしておくように命じたのはロキシー様だからよ」

驚く俺に、マヤさんは続ける。

なんでも、朝になっても起きてこない俺を心配したロキシー様が自ら確認に来たという。部屋をノックしても返事がない、何かあったのかと不安になった彼女がドアを開けると、俺が大きな口を開けて爆睡していたのだそうだ。

そんな俺を見て、ロキシー様は昨日のぶどうの収穫で疲れが出てしまったのだろうと思ったらしく、メイドたちに好きなだけ寝かせてやるように言いつけたというわけだ。

本当のところは、冠コボルトとの戦いが原因でとても疲れていたんだけど、そんなことは言えないから黙っておく。

「そうだったんですか」

「ロキシー様から許可はおりているから、なんなら二度寝をしてもいいのよ」

「いやいや、大丈夫です。もうしっかりと寝させてもらいました」

二度寝なんて大胆にも程がある。とりあえず、ロキシー様に謝らないと。

「それで、ロキシー様はどちらに？」

「昨日、言っていたでしょ。腕に覚えがある男たちを連れて、コボルト狩りに行かれたわ」

行ってしまったのか。あの自然が尽く破壊された渓谷へ。

今頃、それを見たロキシー様は驚いているだろうな。そしてどういう結論を導き出すか、気になる。まあ、俺がやったという証拠はどこにもないはず。ここは平然としておこう。

「いつ頃、お戻りになりそうですか？」

「そうね。通年通りなら、明日の朝くらいかしら。コボルトって夜行性でしょ。だから、日中に罠を張って、夜が明けるまで狩り続けるみたい」

「明日ですか……」

そう言いつつ、俺は今日中に帰ってくるのを確信していた。

渓谷の惨状を見れば、何者かがそこでコボルトたちと戦ったくらいのことはわかるだろう。

それに、もしコボルトが渓谷の向こう側にまだ残っていたとしても、あれほどの戦いをすればハート家の領地へ、もうやって来るとは思えない。毎年コボルトたちを追い払っているロキシー様なら、経験則からわかるはずだ。

まあ、帰ってきたら何かしらの騒ぎにはなるだろう。予め、心しておけばいい。

そんなことを考えていると、

「君は本当にロキシー様が好きね」

「えっ⁉」

いきなり言うものだから、変な声が出てしまったじゃないか。俺は使用人として、主様のことを考えているだけだ……そうだ。

「急に何を言っているんですかっ！」

「焦っちゃっているわよ。フフフッ……まあいいわ」

マヤさんは、俺の反応がよほど面白かったようで、手で口を押さえて笑いをこらえながら、仕事に戻ろうとする。

「ちょっと待ってください。俺に何かできることはありますか？」

ここはお寝坊さんの汚名返上をするチャンスをもらいたい。この屋敷では客人級の扱いをされているが、俺はロキシー様の使用人なのだ。

何もしないでお給金をもらうわけにはいかない。

すると俺の熱意が伝わったようで、マヤさんはう〜んと首をひねって、

「そうね、ならアイシャ様のお相手をしてもらえるかしら。お暇そうなの」

「わかりました！　頑張ります！」

俺はアイシャ様がいる場所を教えてもらい、マヤさんに礼を言うなり、駆け出した。

「コラッ、廊下は走らない！　誰かにぶつかったら危ないでしょ！」

「すみません！」

使用人としてあるまじき事をしてしまった。

叱ってくれたマヤさんに頭を下げて、スタスタと歩いて先に進んだ。

アイシャ様がいる場所は自室。客室である俺の部屋とは違い、見るからに数段上の造りをしたドアをノックする。

少し遅れて、中から返事があった。

「失礼します」

「まあ、フェイト。ちょうど、よかったわ。窓から見える景色ばかりで、退屈をしていた

の」

少女のように無邪気な笑顔で、アイシャ様は俺を迎えてくれる。

今日の彼女は、どうやら体調がすぐれないようで、ベッドの上に半身だけ起こして休んでいた。

「さあ、こちらに座って」

促されるまま、俺はベッドの横にある椅子に腰をかける。

アイシャ様はそれを見てニッコリと笑うと、再び外の景色を眺める。

俺もつられて、しばらくの間、屋敷の庭を見ていた。領地の屋敷は、庭師見習いの俺から見ても、細部までよく手入れされた庭だとわかる。ここの庭師もよほどハート家が好きなのだろう。

「良い庭ですね」

「そうなの、この窓から見えるところは、特にね。私がそんなにしなくてもいいって言っても、庭師のお爺(じい)さんが頑張ってしまうみたい」

そうか……アイシャ様は大病を患っているので、外に出歩くことはほとんどない。だから、寝室に引きこもりがちの彼女への気遣いなのだ。

「困ってしまうわ……」

アイシャ様は口ではそう言いながら、嬉しそうだった。しばらく談話が続き、笑いの絶えない時間が過ぎていく。朝飯とかを食べていない俺がぐぅぅと腹の虫を鳴らすと、メイドを呼んで軽食を出したりもしてくれた。

彼女からはなんというか、母親みたいな優しさを感じる。まあ、俺の母親は、俺を産んですぐに死んでしまったので、そういったものを知らない俺が言うのもなんだが。

きっと、この無償の優しさがそうなのだろう。

そんなアイシャ様は手に持っていたティーカップを皿に置くと、急に真面目な顔をして、俺と向き合う。

「私はたぶん……もう長くはないわ」

「そんなことはないですよ。今もこうして……」

元気とは言えなかった。彼女は今もベッドの上だ。

その言葉をアイシャ様が引き継ぐ。

「そうね、今はまだ元気よ。だけど、そのうちきっとね。やっぱり自分のことは自分が一番わかっているのよ」

「……なぜ、それを俺に」

「あなたなら、ロキシーの支えになってくれると思ったからよ。お願いできるかしら？」

戸惑う俺に、アイシャ様は言う。

父親がガリアで戦死したことで、ロキシー様は相当なショックを受けていたという。だが、代わりに俺がハート家にやってきたことが、ロキシー様の心の支えになっているらしい。

彼女はアイシャ様と二人きりになった時に言ったそうだ。「フェイトにだらしない主と思われないように、立ち止まっていられません」と。

「あの時のロキシーはいい目をしていたわ。若い頃のあの人みたい」

「ですが、俺のような者が……」

地位や立場が違いすぎる。

それに、今の俺にはそれなりの力があっても、表には出せない。もし陰から行使しても、支えると言えるのか……なんか違う気がする。

困惑する俺の手に、アイシャ様の手が重なる。

《読心》スキルが発動して、心の声が聞こえてしまう。

(大丈夫……そんなに難しいことではないの)

そっと手は離されて、心の声はそこで途切れる。続きはアイシャ様の口から、

「地位や立場なんて必要はないわ。聖騎士のような強き力でもない。大事なのはここ」

その手の指先は、俺の胸を指していた。

「大事なのは、そうありたいっていう心」

「心……気持ち」

「そう。だって、私は……元は平民の出で有用なスキルなんて持っていないんですもの。そんな私でも、聖騎士である夫を支えることができたのよ。私にもできたのだから、フェイトにもきっとできる。私はそう信じます」

「アイシャ様……」

病弱なアイシャ様が、俺よりも強い心を持っていることを疑う余地はない。

暴食スキルに目覚めて、ただひたすら力を求めてきた俺には彼女の言葉はとても重かった。

だから、俺もアイシャ様のようにありたいと思ったんだ。

第21話　分かれ道

アイシャ様から言われたことを、一人になって反芻(はんすう)しているうちに、時間は瞬く間に過ぎていく。

気がつけば、夕方だ。アイシャ様は体を休めるために眠ってしまったので、俺はまたやることがなくなっていた。

そして、自室に戻って悶々としていると、急に屋敷内が慌ただしくなった。

なんだろうと思って部屋から出てみると、ロキシー様が予定より早く帰ってきたからだった。

明日の朝に帰ってくる予定で動いていたメイドたちは大慌て。急な帰還に、食事から風呂の用意などやることがいっぱいできてしまう。

俺はそれを横目で見ながら、ロキシー様のもとへ急ぐ。

彼女がコボルト狩りをするはずだった渓谷を見て、どう思ったのかをいち早く知りたかったからだ。

いた！　玄関で白い軽甲冑を脱いでいる。

「ロキシー様！　おかえりなさい」

「これはフェイト。ただ今戻りました」

やはり、彼女は浮かない顔をしている。あの渓谷の惨状を見れば、そうなるだろう。

まあ、引き上げてきたのだから、コボルトたちはもうやって来ないと判断したみたいだ。

俺は内心ドキドキしながら、ロキシー様に聞く。

「どうされたのですか？　早いお帰りで」

「それがですね……」

軽甲冑を外し終わったロキシー様は、不思議そうに渓谷で見たことを教えてくれた。

今日の朝、腕に覚えがある男たちを引き連れて、渓谷を目指した。そして、辿り着いた彼女たちの目の前に広がっていたのは、強力な攻撃によって荒れ果てた渓谷だった。美しかった自然は失われており、木々は倒れて地面はえぐれている。

毎年見ている渓谷とは思えないほどの変わりようだったという。うん……それを引き起こした俺から見ても「やり過ぎだ」と思ったくらいだから、ロキシー様たちの驚きは相当なものだったはず。

ロキシー様は直ちに、連れてきた男たちに周辺の調査をするように指示。

すべてが消し飛んだかのような渓谷には、何が起こったのかがわかるものは残ってはいなかった。

しかし、そこから離れた大岩にコボルト・ジュニア10匹とコボルト・アサルト2匹の死体を発見する。

見つけた男の案内で現場に行くと、剣と矢で殺されたと思われるコボルトたちが地面に倒れていた。それらすべてが一方的に倒されている。

特にコボルト・アサルトはなかなか強い魔物で、聖騎士が相手をしないと倒せないほどなのにだ。

それをいともたやすく両断している死体が1匹。もう1匹は、何かに怯えて逃げようとして、後ろから矢で頭部を射貫かれている。気になるのは射られた傷のみで、矢自体がどこにも見つからないことだ。さらに矢を引き抜いた形跡もない。

このような外傷を与えるものの心当たりとして、魔弓が脳裏をよぎる。魔力を矢に変換して放つ、強力な武器だ。ただの武人が持てる品物ではない。

魔弓ってそんなにすごい武器だったんだ……とロキシー様の話を聞いていると、

「そして、私はある結論に達しました」

「えっ、それはどのような……」

たったこれだけの物的証拠から、ロキシー様が何を導き出したのか。まさか、俺ってことはないだろう。

「私は昨日見た、あのガリア人の少女がやったのではないかと思っています」

おっと、意外な人物が犯人に想定されたぞ。だけど、これはちょっと……強引ではないか。

俺が不服そうな顔をしていたのだろう。それを見たロキシー様が頬を膨らませる。

「確証がないのはわかっています！　ですが、あの場で領民たちを納得させるために、ああ言うしかなかったんです……」

渓谷を破壊して、コボルトたちを蹂躙した存在だ。領民たちに不安を抱かせないために、ハート家の領主として安心させる何かが必要だった。

しかし、これを引き起こした者の正体は現場の情報からは全くわからなかった。だから苦肉の策でひねり出したのが、昨日見たガリア人の少女だ。

ガリア人は大昔に強大な軍事力でガリア大陸を支配していた。文献によれば、その戦闘能力は聖騎士すらも大きく上回るという。もし、あのガリア人の少女が、今もその力を有しているのなら、渓谷で起こった惨状は説明がつくという結論だ。

推測を積み重ねたこじつけであるが、領民たちの不安を払拭するため、ロキシー様はこの案で押し切った。

一番納得していないのは当の本人だと、顔を見ればわかる。

「そうだったんですか……すみませんでした」

「どうして、フェイトが謝るのですか？」

「えっ、ああ、なんとなく。ハハハッハハハッ……」

いかんいかん。ロキシー様の顔を見ていたら、危うく白状しそうになってしまった。

それにしても、ガリア人ってそんなに強かったんだ。あの褐色の肌をした少女はたしか、俺にコボルトを譲ると言っていたっけ。もしかしたら、俺と会わなければ、彼女がコボルトたちを倒していたのかもしれない。

なら、このままガリア人の少女が、渓谷を破壊してコボルトたちを倒したことにしておこう。貸し一つとも言っていたから、また会った時にでも、この借りを返せばいいだろう。

名前も知らないガリア人の少女よ、ありがとう!!

すべてが丸く収まったわけではないが、ハート家の領地にいる皆がいつもの生活を送れるのなら、いいとしよう。

そんなことを思っていると、ロキシー様が少し困った顔で言う。

「当のガリア人の少女ですが、今日の早朝に領地から出ていくのを数人が目撃しています。なので、彼女からなぜここへやって来て、何をやったのか聞くことはもうできません。だから、今回の件で彼女を利用してしまって、悪いことをしてしまいました」

「ロキシー様……」

俺が一番悪い。だけど、暴食スキルの力を使って戦ったとは言えない。相手を殺して、その力を奪えるなんて、知られたくなかった。

その後ろめたさに、アイシャ様のあの言葉が突き刺さる。彼女ときちんと向き合えない俺にはきっと……そうありたいと思っても……。

「フェイト、どうしたのですか？　怖い顔をしていますよ」

「えっ、そうですか」

「たまにそういう顔をしますね。何か悩みがあるのなら、いつでも言ってくださいね」

「……ありがとうございます、ロキシー様」

俺はただうわの空で言葉を返すしかなかった。

＊

それから二日間、ロキシー様は念のために渓谷の様子を窺って、コボルトたちはもうやって来ないと判断する。そして、こうも言った。

あれほどの攻撃を受けたコボルトたちはすでに全滅したかもしれない。それに生き残りがいたとしても、もう二度とハート家の領地にはやって来ないだろう。

そして領地での仕事を終えたロキシー様は俺を連れて、王都へ帰ることになった。

馬車に乗るロキシー様と俺を、アイシャ様は玄関まで出て見送ってくれる。他のメイドたちも一緒だ。

「では行ってまいります、母上」

「いってらっしゃい。職務の合間を見て、いつでも戻ってきなさい」

「はい。母上もお元気で」

「そうね。もう少し頑張らないとね」

そう言いながら、アイシャ様は俺を見る。おそらく、まだ期待してくれているのだろう。

彼女はニッコリと笑い、

「フェイトもその時は一緒にね。またお話をしましょう。その時は答えを聞かせてね」

「……はい」

あの時、返事は口に出せず、保留してしまっていた。

心の中での想いと、俺が置かれている現実とは今も乖離(かいり)していく。
気持ちだけをここへ置き去りにして、俺たちを乗せた馬車は王都へ向けて動き出した。

第22話　蒼穹の空

王都への帰り道。俺はロキシー様と向かい合ったまま、暴食スキルが魂を求める疼きを必死に抑え込んでいた。

一歩間違えば、意識を喰われてしまうんではないかと、冷や汗をかいたものだ。あながち、グリードが予想したことは嘘ではなかった。

日暮れと共に王都へ到着。

ロキシー様はお城からの使者に呼ばれて、すぐに出かけてしまった。五大名家の聖騎士ともなると、休む暇も与えてもらえないようだ。

俺の方は庭師の師匠たちに、ハート家の領地にある屋敷の庭について、根掘り葉掘り聞かれる羽目となった。なんでも、王都側と領地側はライバル関係にあるらしい。

俺はここに引けをとらないくらい手入れがされていたこと、特にアイシャ様の部屋から見える庭は良かったことを伝えた。

すると、庭師の師匠たちは「あいつらも粋なことするじゃないか」と言って、ライバルたちを讃(たた)えだす。

そして、今日はもう日が暮れたので、明日から庭師見習いの仕事を再開することになった。そのまま、庭師の師匠たちと一緒に夕食をとって、風呂へとなだれ込んだ。

風呂に浸かっていると、師匠の一人が、

「そろそろ庭木の剪定を教えてもいい頃合いだ。どうだ、やってみるか？」

「いいんですか！」

「おうよ、フェイトは真面目によく働くからな。こちらとしても、教えがいがある。他の皆も同じ考えだぞ」

「ありがとうございます」

なんでも、俺がハート家の領地に行っている間に、師匠たちはいろいろと俺のことを考えてくれていたらしい。

師匠たちも歳を重ねており、本格的に後継者を指導したいという。それが俺というわけだ。とても光栄な事だと思う……。

嬉しくなって、師匠の背中をゴシゴシ洗っていると、力を入れすぎたようで怒られてしまう。

「イタタっ、もっと年寄りを労らんかっ！」

「すみません」

ステータスがかなり上がっているので、気をつけたつもりだったが、師匠に褒められてつい力の一端を発揮してしまったようだ。

今後はこういったことに気をつけなければならない。ステータスは自分の意思でどれだけ体へ反映させるか調整できる。でなければ、ステータスが飛び抜けて強い聖騎士なんかは、うっかり人を殺しかねない。

俺のステータスは冠コボルトを倒したことによって、新米聖騎士を超えてしまっている。だから、ステータスをコントロールする訓練を考える時期だろう。まあ、いくら強くなってもグリード強化にステータスを使ってしまったら、振り出しに戻るのだが。

どちらにしても、暴食スキルがある以上、戦いによる急激なステータス上昇は避けられない。

今日は、庭師の師匠たちの背中を洗いながら、ステータスのコントロール修業をさせてもらおう。

「イタタっ、またか！」

「あっ、申し訳ないです」

「儂はいたいけな老人なのじゃ。もっと丁寧に扱ってくれ」

これは気を抜くとコントロールが疎(おろそ)かになる。無意識にできるようになるまで、時間がかかりそうだ。

＊

深夜となり、俺はいつものように髑髏マスクをつけて、ゴブリンたちが跋扈する場所にやってきた。

今日は、ホブゴブの森で狩りだ。

領地では二日間の絶食をしていたので、暴食スキルが相当腹を空かせている。

踏み入った薄暗い森の中でも、《暗視》スキルによってホブゴブリンたちの居場所が手に取るようにわかる。

木の根元で寝ている奴らを容赦なく、狩っていった。

《暴食スキルが発動します》

《ステータスに体力＋４４０、筋力＋２２０、魔力＋１１０、精神＋１１０、敏捷＋１１０が加算されます》

無機質な声が頭の中で何度も聞こえる。しかし、飢えは大して収まらない。

現状維持がいいところだ。

この前までなら、ゴブリン狩りで満たされていたのに……。

その答えは、なんとなくわかる。そんな俺にグリードが《読心》スキルを通して言ってきた。

『暴食スキルが冠コボルトの味を覚えてしまったからな。もう、最下位魔物では、満足できないってことだ』

「でも、狩っているとこれ以上は腹が空かないから……」

『フェイト、お前が一番わかっているはずだ。そのうちジリ貧になるってな』

暴食スキルに良い物（冠魔物）を喰わすんじゃなかった。こんなことなら、ゴブリンのフルコースだけを喰わしておけば良かった。

でも、冠コボルトに関しては避けられない事情があった。野放しにしておけば、ハート家の領地が蹂躙されていたからだ。

あのときは倒せてよかったと喜んだが、後になって面倒な置き土産をもらってしまう羽目になるとは……。

「くっ……右目が熱い」

10匹目のホブゴブリンを狩り終わった時、右目に違和感を覚える。黒剣グリードにそっと自分の顔を映してみる。髑髏マスクの奥に見えたのは、

「グリード、お前の言うとおりだ。……ジリ貧だ」

『だろ、目に出やすいからな』

黒い剣身に一つだけ映った、真っ赤な瞳が俺を見据えている。

左目は黒。右目は忌避するほどの赤。この状態は言うなれば、

『半飢餓状態だな。そのうち来るぞ』

俺もそう感じる。もうすぐ、王都周辺にいる魔物——ゴブリンでは暴食スキルの飢えを維持することすらできなくなる。身のうちに蠢く暴食スキルは待ってはくれない。

『今日はこの辺にしておけ。お前に残された時間は少ないぞ。来るべき時が来たんだよ』

「何がさ」

わかっていても、反抗的にグリードに聞き返してしまう。

『今後の身の振り方だ』

「……」

俺は何も答えずに、王都へ戻る。途中で幾人かの武人たちに遭遇したが、気にも留めなかった。逃げ惑う彼らは、俺の姿を見て口々にこう叫んだ。

「リッチが戻ってきた！　ムクロがまた戻ってきた！　みんな逃げろっ！」

誰もいなくなったゴブリン草原で、髑髏マスクを外して懐にしまう。

「静かになったな」

『そして、寂しくもあるか』

「うるせっ」

俺は草原を吹き抜ける風に逆らいながら、王都へ戻る。

翌日、赤眼を隠すために右目に眼帯をした。そして、周りの使用人たちには寝ぼけて目を怪我してしまったと誤魔化す。

庭師の師匠たちからは、「気が弛んでいるぞ、庭木の剪定はできそうか」なんて、叱っているのか、心配しているのか、わからない声をかけられてしまった。けど、きっと俺のことを心配してくれているのだろう。

「片目でもできます」と返事をしたら、「なら無理せずにやってみるか」と言われて、昨日の約束通りに俺は庭木の剪定をすることになった。

まずは師匠につきっきりで教えられつつ、一本の木をなんとか仕上げていく。

「どうですか」

「まずまずじゃな。それじゃ、今度は一人で向こうの木も同じ要領でやってみるか。儂は他のことをしないといかん」

「一人で、ですか……」

「なに、わからなくなったら、儂に声をかけろ」

「はい」

この師匠は口でいうよりも、実践を重んじる人だ。もう、やるだけやってみるしかない。

剪定バサミを片手に持って、指示された木を目指していると、白い軽甲冑を着たロキシー様がどこかへ歩いていくのが見えた。

どうやら、お城での呼び出しから帰ってきたみたいだ。普通なら、すぐに屋敷に入っていくはずだ。それなのにどこへ行こうとしているのか、気になる。

俺は後を追って声をかけようとしたが……できなかった。

ロキシー様が父親の墓の前で膝をついて、今まで見たこともないほどの険しい顔をしていたからだ。まるであれは、これから何かと戦うような顔に見える。

そして墓に何かを語りかけた後、立ち上がって屋敷の方へ振り向く。

俺はその時、ロキシー様に見入っていたため、隠れることができずに見つかってしまう。

「フェイ、どうしてここへ……あら、右目を怪我したの？」

俺は平静を装って、剪定バサミをロキシー様に見せる。

「右目は寝ぼけて怪我をしてしまいました。あと、今日から庭木もできることになったんです。えっと、この木を剪定しようと」

そう言って、俺は横にあった木に手を置いてみせる。実際はこれとは全く違う庭木を剪定するように言われている。

「あの……ロキシー様。なにかあったんですか？　いつもとご様子が違うような」

もしかしたら、お城で何かあったのだろうか。俺は恐る恐る聞いてみる。

しかし先程、父親の墓で見せていた表情は消え去り、いつものロキシー様に戻ってしまった。

「なんでもありません。それよりも、剪定をしないと怒られてしまいますよ」

ロキシー様が指差した先には、庭師の師匠が腕を組んで俺を睨んでいる。いかにも、それは指示した木じゃない、向こうじゃとでも言いたそうだ。

慌てる俺から逃げるように、ロキシー様は屋敷へと歩いていく。なんだか、その背中を見ていると嫌な予感しかしない。

その反対に、見上げた空は雲一つなく、澄み切っていた。

使用人としての仕事が終わり、魔物狩りをする深夜まで手持ち無沙汰になった俺は、行きつけの酒場を訪れる。そのとき、もっとも欲している情報の糸口を聞いてしまった。

注文した料理を俺の座るカウンターに置きながら店主は言う。

また現れ出したリッチ（ムクロ）を倒すために、ブレリック家の次男ハドがとうとう重い腰を上げて、今日の夜にホブゴブの森に行くと。

ちょうどロキシー様と同じ聖騎士様が俺の狩場にやってくるのか。

ハドは事情を知っているはずだ。もしかしたらブレリック家が何かしたのかもしれない。

聞き出してやる。さらに俺自身、ハドには大きな借りがある。

飲みかけのワインを一気に飲み干して、俺は席を立った。

第23話　やるべき事

その日の深夜、俺はホブゴブの森でブレリック家の次男ハドがやってくるのを静かに待ち続けた。

俺がいる場所は、あのゴブリン・キングが根城にしていた花畑。ここだけ、なぜか木が生えることなく、森を円形にくり抜いたようだ。

中心にはゴブリン・キングとの戦いによって倒れた大木の残骸が残っている。

俺はそこへ腰掛けて、全神経を研ぎ澄ます。

ハドは必ず、ここへやってくる。

そのために、わざとゴブリンの死体を道しるべのように、残していったのだ。そこまでして、ここへ辿り着けないのなら、ハドは救いようのない無能ということになる。

あとは噂で広まっているムクロの習性を、ハドがそのまま鵜呑み(うの)にするかどうかだ。

ムクロが襲うのはゴブリンのみで、今のところ人間を襲わない。この情報をハドが考慮すれば、きっとここへ導くゴブリンの死体を見ても、自分を引き込む罠だとは思うまい。

耳を澄ませば、風で木の葉が擦れる音だけが、ざわざわと聞こえ続ける。

まだ来ないのか。行きつけの酒場の店主が教えてくれた話は間違いだったのか。

そう思っていると、今までと異なる音が聞こえてくる。地面に落ちた小枝を踏む音だ。

それも複数。

段々俺がいる場所へと近づいてくる。そして、聞こえていた音は花畑を前にして止まった。

俺は大木に座ったまま動くことなく、髑髏マスクの下から視線だけを周りに送り続ける。

また、あちら側に動きがあった。俺のいる場所を取り囲むようにバラバラになって、移動を始めたのだ。

配置が終われば、仕掛けてくるだろう。

それでも俺は動くつもりはない。先制攻撃はくれてやる。俺が今、最も重要視しているのはハドに逃げられないことだ。

ムクロは僕たちの存在に気が付いていない、今が好機だ……なんてハドに思わせる必要がある。

本来ならハドくらいの聖騎士は、ガリア大陸から溢れ出す強力な魔物たちを討伐して武功を重ねているはずだ。それが未だにガリア大陸にも行かずに、兄であるラーファルの金魚のフンをしている。

つまり、ハドはでかい図体をしているのに、かなりの小心者なのだ。自分が勝てると思った敵としか戦わない、そういうやつだ。ハドに五年間、いたぶられていた俺にはよくわかる。

楽にこなせそうなムクロ討伐で、王都への貢献ポイントを少しでも稼いで、危険なガリア大陸へ行かなくてすむようにしたいのだろう。

ハドは聖騎士として、強くなりたいという向上心などはもっていない。あるのは、聖騎士の立場を利用して、地位と権力を得ようというさもしい根性だけだ。ブレリック家自体がそういう奴らの巣窟みたいなものだ。

『フェイト、来るぞ！』

「ああ、そうみたいだな」

グリードの指摘通り、敵から動きがあった。背後、右側から、弓を引く音が聞こえる。半飢餓状態になっている俺は身体的なブーストがかかっているので、手に取るように聞き分けられる。

弓が放たれると同時にその場を飛び上がり、難なく二本の矢を躱す。

予期しなかった俺の回避行動に、周りに隠れていた者たちが息を呑む――動揺が伝わってくる。

俺は着地しながら、黒剣グリードを構えてみせる。

『いくか？』

「もう少しだけ、待つ」

俺が何もしないなら、ハドたちから動いてくるだろう。弓という遠距離攻撃が駄目でも、一対複数の優位性という安心感から、きっと奴らは森から花畑に姿を現す。

ハドは複数人で一人をいたぶるのが好きなのだ。この性に抗えるわけがない。

ほら、やっぱりハドが出てきた。

銀色の重甲冑を着たハドを入れて、人数は全部で十五人。結構な大所帯だ。

おそらく、彼らはブレリック家が雇っている選りすぐりの武人たちなのだろう。

全員が醜悪な笑みを浮かべながら、帯剣を引き抜く。

俺はそれに合わせて、わざと少しだけ動揺してみせる。

すると、ハドたちは途端に自分たちが優位だと確信する。

「ハド様、こいつがどうやら噂のリッチ……ムクロのようです。情報通りの恰好をしています。それにこいつ、俺たちに囲まれてビビってますぜ」

「それはそうだろう。僕たちはゴブリンを狩って小金を稼ぐ卑しい武人とは違う。選ばれし者なのだからな。それに僕は神に選ばれた聖騎士。この中で誰よりも強い！　この姿を見て、怯えない魔物はいない。見ろ、ムクロが足を震わせているぞ！」

「本当だ。さすがのムクロも聖騎士様に睨まれては、ひとたまりもないですな」

「ハハハッ、当たり前だ」

言いたい放題である。

まあ、俺の迫真の演技が功を奏したようだ。俺を舐めきって、ハドたちは完全に調子に乗っている。

ブレリック家には五年間も痛めつけられたのだ。こういった演技はお手の物だ。……ああ、こんなことを誇っても自分が虚しくなってしまうだけだな。

これで表にハドが出てきた。もう逃さない。

とりあえず、邪魔な他の奴らには退場していただこう。

演技をやめて黒剣グリードを握りしめた時、ハドの部下が偉そうに言い出す。

「ハド様、俺たちがムクロを仕留めてみせましょう。この程度の魔物、ハド様が直に手を下す必要はありません」

「そうだな、よかろう。好きにしろ！」

「御意」

だったら、できるかどうか試してやろう。

俺はステータスをフルに発揮して、まず御意と言った男の武人に一気に接近。そして、左拳で弱めに顔面を殴りつける。

男は声すら出せずに吹き飛ばされて、森の奥底へと退場していく。

驚愕するハドを無視して、残りの十三人へ次々と攻撃を仕掛ける。

使うのはすべて左拳。右手に握った黒剣グリードは使わない。用があるのはハドだけ、この武人たちには恨みも何もないので、生きたまま帰してやる。

しかし、ただ死なない程度に殴ったのでは、回復して反撃をしてくる可能性がある。だから、俺は格闘スキルのアーツ《寸勁》を使って内部破壊——骨を砕くことにした。

ある者の右腕を砕き、またある者の左足を砕く。こいつは顎でも砕くか……皆が熟練の武人なのだろうが、圧倒的なステータスの差によって動きが止まったように見える。これなら、格闘技術のない俺でもいともたやすく制圧できる。

一通り《寸勁》の打ち込みが完了。地面に横たわり、もがき苦しむハドの部下たち。せっかく手に握っていた高そうな剣は、いらない物のように転がっている。

さて、今この場に立っているのは俺とハドだけ。

そのハドといったら、開いた口が塞がらないようで、酸欠状態の魚みたいにパクパクと息をしている。

俺がゆっくりとハドに近づいていくと、我に返ったハドが地面に転がっている部下たちを叱責し始める。

「何をやっている。早く、あれを止めんかっ！　聖騎士である僕を戦わせる気かっ！」

怒鳴り散らすハドに、部下たちはなんとか地面から立ち上がる。

しかし、俺が黒剣グリードを振るって、今度はその首を刈り取るぞと脅してみせたら、顔を青くして逃げ出した。

どうやら、こいつらにはブレリック家への忠誠心はないようだ。主であるハドを置き去りにして、森の中へと必死に逃げ込んでいく。

「お前らっ！　逃げるな！　わかっているのか、僕はブレリック家のハドだぞ！」

だが、あれほど血気盛んだった部下たちからの返事はない。

ハドがどんなに叫んでも、もう部下たちは声の届かない場所へと逃げてしまったようだ。

部下に見放されるとは憐れだな、ハド。日頃の人望の無さがもろに出たか。

「おのれ……よくも僕をコケにしてくれたな。魔物の分際で、絶対に許さんぞ！」

黄金の剣を引き抜いて、俺に向けて構えるハド。その威勢だけは褒めてやる。

しかし、膝が僅かに震えているぞ。もしかしたら本能的に恐れているのか、それともただのヤケクソなのか、それは戦ってみればわかるだろう。

この場には俺たち二人だけ、もう他には誰もいない。なら、もうこれは邪魔だ。

俺はゆっくりとフードを取り、外套を脱ぎ捨てる。そして認識阻害を引き起こしていた髑髏マスクを外した。

すると俺の素顔を見た途端、ハドの顔が激しく歪む。

「バカな……お前のようなゴミ屑が、なぜこのような力を……答えろっ！」

予期せぬ展開にハドは驚き、一歩後退する。

だから、俺はその分の距離を詰めてやる。

「教えてやる理由はない。それよりも、俺の質問に答えてもらおうか」

「はっ……何をだ、偉そうに。はっ、答えなければ、僕をどうすると？」

「答えれば、楽に死ねる。答えなければ、答えるまで苦しむことになる。ただそれだけだ」

「ふざけるなっ！　僕を誰だと思っている、ブレリック家の次男——聖騎士のハドだぞ。お前のようなゴミ屑にできるわけがないっ！」

「なら、やってみよう。俺に見せてくれよ、ご自慢の聖騎士様の力を」

俺は黒剣グリードをくるくると回しながら、意気揚々とハドににじり寄っていく。

こいつを生かしておけば、どうせ遅かれ早かれロキシー様の弊害になる。なら、知りたいことを聞き出した後、ここで仕留める。

きっとこれからやることを知れば、ロキシー様は悲しむだろう。

だが、俺はもう決めたんだ。自分が蒔いた種は責任を持って、喰らってやる。

第24話　第二位階

俺はゆっくり黒剣グリードの剣先をハドに向けるように構える。
そして、《鑑定》スキルを発動。

ハド・ブレリック　Lv30
体　力：165600
筋　力：197600
魔　力：124400
精　神：130900
敏　捷：123800
スキル：聖剣技、筋力強化（大）

さすがは聖騎士様だ。偉そうな態度をとるだけあって、まあまあ強い。

だけど、ハート家の領地に侵入しようとした冠コボルトよりは劣る。

さて、俺はハドよりも強い冠コボルトを倒して、魂を喰らっている。

つまり、自身のステータスを見て比較するまでもなく、俺はハドの倍以上は強いってことだ。

ハドが持っているスキルはどうだろうか。

筋力強化（大）は身体強化スキルだと調べるまでもなくわかる。

気になるのは聖剣技。《鑑定》をしてみよう。

聖剣技：特殊武器である聖剣を用いた攻撃力が上昇する。高出力の範囲攻撃ができるアーツ《グランドクロス》を使用できる。

これを持っているから聖騎士と名乗れる、代表的な聖属性スキルだ。

扱うには聖剣という特殊な武器が必要になる。

聖剣は王都の軍事区で作製されているという。門外不出の技法を用いて一品ずつ完全オーダーメイドらしい。なんでも、オリハルコンという希少な金属を混ぜ込んだ合金を使うとか。

まあ、行きつけの酒場で聞いた噂だから、本当のところはわからない。

わかっているのは、俺のような平民が逆立ちしても手に入れることができないほど高価な武器。それが聖剣ってことだ。

俺が銀貨2枚で買った黒剣グリードと、どれくらいの性能差があるか気になるところだ。

「なあ、グリード。あの聖剣は厄介そうか？」

『あんな人工聖剣に、俺様が劣るわけがない。俺様に構わず、好きなように振るえ！』

なんだか、グリードのプライドを傷つけてしまったようだ。ハドが持つ聖剣より自分の方が、全てにおいて秀でていると言いたそうだ。

そこまで言うなら、試してみるか。

しばらく互いに剣を構えたまま、場に漂っていた緊張感を崩しにいく。

俺は黒剣グリードを中段に構え直しながら、ハドへ仕掛ける。

それを見たハドは待ってましたとばかりに、ニヤリと笑う。

「バカがっ、一直線にバカのように突っ込んでくるとは。お前は戦術というものを全く知らないのか。これだから、知性の欠片もない下民は困るのだ」

どうやら、俺がしびれを切らして向かってくるのをバカのように待っていたみたいだ。

ハドが持っている聖剣が青白く光を放つ。続いて、俺が走っている地面一帯も呼応するように輝き出した。

「見よ、これが聖剣技の奥義――グランドクロスだ。すべてを浄化する光によって、塵（ちり）も残さず消滅するがいい。フッハハハッ」

確かにすごい力を感じる。まともに当たれば、大ダメージだろう。

しかし、発動までの時間は、今の俺にとってあくびが出るほど遅い……遅すぎる。

わざわざ当たってやる義理もないので、俺は力一杯に地面を蹴る。

一蹴りで、グランドクロスの攻撃範囲内を抜けて、ハドの目の前に着地。

「お前のそのアーツ、発動まで時間がかかり過ぎだぞ。もっと熟練度を上げるべきだろ」

「なにっ！」

大した実戦経験もせずに王都でぬくぬくとしていた聖騎士だ。戦いの経験値は俺と大して変わらない。いや、隠し玉とすべき最強のアーツでいきなり仕掛けたくらいだ。もしかしたら、俺よりも劣るかもしれない。

目論見が外れてしまったハドは、取り乱しながらグランドクロスの発動を中断。そして、俺を間合いから遠ざけるため、聖剣を振り下ろす。

今だ。物は試し、黒剣グリードの方が強いか、ぶつけてやる。

俺はハドの剣撃を振り払うように、横一閃。

キィイーンという甲高い金属音が森に鳴り響く。

「バカな……僕の聖剣が……」

ハドの聖剣――剣身の半分が折れ飛んで、宙を舞う。自慢の聖剣を失い、動揺するハド。

俺は左手で落ちてきた剣先を掴み取って、ハドの右肩――重甲冑の隙間に返してやる。

「お前の大事な聖剣だ。受け取れ」

ギャアア――ッ。寝ているホブゴブリンたちが起きてしまうのではないか、そう思えるほどの叫び声が俺の耳を通り過ぎていく。

あまりの痛みに耐えかねたハドは地面に膝をついて、右肩に刺さった折れ剣を抜こうと必死だ。

まだまだ始まったばかりだ。膝をつくには早すぎる。

俺は黒剣グリードを左手に持ち替える。

「ハド、聖騎士としてみっともない。立てっ！」

俺はすでに戦意を失いかけているハドの首を右手で掴み、持ち上げる。

ハドは俺から逃れようと抵抗をみせるが、全ては無駄だ。

「お前らが大好きな教育的指導を始める。反抗的な犬には、厳しい散歩が必要だな」

「ヒッ……」

俺には五年間、ブレリック家から受けた教育的指導が身にしみている。どうすれば、相手が屈するか……この身をもって教え込まれているのだ。今、それを返してやる。

「行くぞ、ハド！」

「まさか、お前……や、やめろっ、うあああぁぁぁ」

俺は首を掴んだハドを盾にして、森を全力で駆けていく。目の前に大木があってもお構いなし。俺には聖騎士様という頑丈な盾がある。

数え切れない大木を、ハドを使ってなぎ倒しながら進んでいく。

大木にぶち当たるたびにハドはボロボロになっていく。あの整った顔も、艶のある紫色の髪も、削られていく。

元いた花畑へ戻ってきたときには、ハドの顔はパンパンに膨れ上がっており、これならゴブリンのほうが何百倍も男前だろう。

「もう……やめてくれ……頼む」

はっ、その言葉をお前が言うのか。今までお前らに虫けらのように扱われてきた人たちがそう言って、助けを求めたのに……お前らは決してやめなかった。

ハド、お前は裏で人攫いから買った少女たちを死ぬまで弄んだくせに……。

俺だって、死ぬ一歩手前まで追い込まれたことがある。なのに、いざ自分が逆の立場になると、それを……そんなに簡単に言うのかっ！

俺は怒りに身を任せて、ハドを夜空に力の限り投擲(とうてき)する。

呻(うめ)き声が遠のくのを待ちながら、黒剣を黒弓に変える。

「グリード、《ブラッディターミガン》を三発射つ。俺のステータスの30％を持っていけ」

『ハハハッ、椀飯振舞(おうばんぶるまい)だな。しかし、殺してはまずいのだろう』

「ああ、だから掠めるように当ててくれ。できるか？」

『たわいのない。では、いただくぞ。お前の30％を！』

俺のステータスを存分に吸った黒弓はより大きく、より禍々しく形を変えていく。この強欲な兵器で、ハドを断罪する。

自由落下を始めているハドへ向けて三発。轟音と共に黒き稲妻たちが天をめがけて駆ける。

ハドを掠めるように突き抜け、夜空に突き刺さる。

少し経ってドシャッ……という音が花畑の中心から聞こえた。

俺がその場へ行くと、右足と両腕を失ったハドがいた。まだちゃんと生きている。聖騎士の高い生命力によって、切断面からの出血はもう止まりつつあった。

もうこれで十分だろう。これ以上痛めつけると、ハドから情報を聞き出す前に死んでしまいそうだ。

俺は先程と打って変わって、優しくハドに聞いていく。

ハドは恐怖心や生かしてもらいたい一心で素直に答え出した。

まず、ラーファルとメミルはここからかなり東にいった山岳都市に出かけており、三ヶ月はもどってこない。残念だ。

さて、最も重要なこと。ロキシー様の件についてだ。

彼女が今日お城から帰ってきたら、様子がおかしかった。その理由を同じ聖騎士様から教えていただこう。

返ってきた言葉に俺は絶句し、ハドの口を叩き潰そうかと思った。間違いないか、もう一度聞き返す。

「間違いありません。……彼女は明日ガリアへ出立します」

「なぜ、こんなにも急にロキシー様なんだ？」

「今のガリアは天竜が……国境線の内側までテリトリーを広げている状況です。こんなことは……千年間一度もなかったことです。ですから、勝てない相手がいるガリアに行って魔物の大群を……くい止めようと思う聖騎士はいません。誰だって死にたくない……ですが……誰かが行って、大量の魔物が王国へ侵入しないようにくい止めないといけない」

それで、白羽の矢が立ったのがロキシー様というわけか。以前、深夜に商業区で見かけた集会について聞いたら、その件でハート家以外の聖騎士を集め、事前に口裏を合わせていたという。

ラーファルがロキシー様に目をつけたきっかけは、俺を庇ったこと。

しかし、ロキシー様の父親メイソン様が死んだことが、大きかったようだ。

聖騎士のあいだでかなりの力を持っていたメイソン様。そして、いつも民のためと言って、他の聖騎士たちの行いに注文をつける。

その正論に対する溜まりに溜まった恨みが、メイソン様が死んだことで一気に溢れ出してしまった。

このチャンスを逃さずに、ロキシー様を非常に危険なガリアへ送り、ハート家自体を根絶やしにしてしまおう。それが、ラーファルたち――王都の聖騎士たちが思い描いた企みだった。

「ロキシー様はそのことを了承したのか？」

「逆らえるわけがない……これは王都の聖騎士全員の総意です」

あの日、ロキシー様がお城からの使いに呼ばれて行ったときには、何もかもすべては決まっていたのか。周りの聖騎士たちがすべて敵で、「ガリアで死んでこい」と言われる。

屋敷に戻ってきた時のロキシー様……父親の墓の前で見せていた表情を思い出すと、胸が苦しくなった。

そんな俺に、ハドはその時の彼女が口にした返事を伝える。

「彼女は言いました……私の命で王国の民が一人でも救えるのなら、喜んでまいりましょうと……」

ロキシー様なら、そんな状況に追い込まれたとしても、そう言うだろう。使用人として、僅かな時間をともにしてきただけの俺でもわかってしまう。

聖騎士の総意で決定したことか……これはもう俺がどうこうできる問題ではない。

天を仰ぐ俺に、ハドは息も絶え絶えにいう。

「聞かれたことはすべて教えました。どうか……僕のことを見逃してください。これからは心を入れ替えて……民のために……なんでもします……ですから、命だけは……」

白々しい。本当に白々しい。

それは心からの謝罪ではない、ただの命乞いだ。

俺は黒剣グリードを振り下ろす。

《暴食スキルが発動します》

《ステータスに体力+1656000、筋力+1976000、魔力+1244000、精神+1309000、敏捷+1238000が加算されます》

《スキルに聖剣技、筋力強化（大）が追加されます》

ハドの魂は、思いのほかうまかった。冠コボルトに近いものがある。慣れたと思っていたが、危うく暴食スキルを狂喜させてしまうほどだ。

口から垂れ流してしまった涎を服の袖で拭う。そして冷たくなったハドの死体を眺めていると、俺もまた冷たくなっていくような感覚を覚えた。

そんな冷え切った空気を変えるように、グリードが《読心》スキルを通して呼びかけてくる。

『どうする。今なら第二位階への道が開ける。やるか？』

「ああ、やってくれ」

『気前がいいじゃないか、どうした？』

「ハドのステータスが俺の身の内に流れていると思うと、寒気がする」

そう言うと、グリードが高らかに笑い出す。

まあ、スキルの方はどうしようもないけど、せめてステータスは体から抜き取りたい。

『では、行くぞ！』

黒剣が光り始めると同時に、俺の力が失われていく。

そして光が収まると、

「これは……大鎌か」

俺が手にしていたのは黒き大鎌。刃がとても長く俺の身長を超えている。

『これが俺様の第二位階の姿、タイプ：大鎌だ。刃に込められた呪詛(じゅそ)により、いかなる物であっても事象ごと断ち切る』

鋭く黒き刃を見ながら、自身のステータスを《鑑定》して確認する。

フェイト・グラファイト　Ｌｖ１
体　力：１２１
筋　力：１５１
魔　力：１０１
精　神：１０１
敏　捷：１３１
スキル：暴食、鑑定、読心、隠蔽、暗視、格闘、聖剣技、片手剣技、両手剣技、筋力強化（小）、筋力強化（中）、筋力強化（大）、体力強化（小）、体力強

化（中）、敏捷強化（中）、自動回復

またしても、グリードと出会った時のステータスに戻っていた。

スキルの聖剣技か……。見方によっては俺も聖騎士の仲間入りをしたことになる。まあ、王都に認められることはないだろう。

第25話　それぞれの旅立ち

ハドの魂を喰らったことで、差し迫っていた飢餓状態は落ち着きをみせる。

赤く染まっていた右目は、潮が引くようにスッと元の黒目に戻っていった。

これで、右目に眼帯を着ける必要がなくなり、ホッと一息だ。いちいち知り合いに会うたびに、怪我をしたと嘘の説明をせずにすむ。

ブレリック家の三兄妹の一人――ハドを倒したことで、俺の中で一つの区切りがついた。

まだ二人残っているが、王都にいないのでは今のところ手の出しようがない。

それよりも、問題はロキシー様だ。彼女は明日、ガリアに向けて出立する。

おそらく、そのことを知らされているのは屋敷の使用人の中でもごく僅かだろう。屋敷の使用人たちを取り仕切る上長さんくらいは知っていると思う。

俺は教えてもらえなかった。それが、わだかまりとなって俺の深い部分に積もっていくような気がした。

まあ、力のない人間だと思われているので、俺に話したところで意味はないか。それよりも、変に不安を煽って動揺させないようにというロキシー様なりの配慮だろう。

俺はしばらくホブゴブリンを狩って、初期化されたステータスをある程度底上げした。

そして、王都へ戻って屋敷への夜道を歩く俺に、グリードは言う。

『自分の正体を隠しているくせに、頼られたいとは……傲慢な奴だな』

「うるせっ」

『もう、諦めろ。こういった縁だったのだ』

「だから、うるせっ！」

結構な大声を出してしまったので、ほろ酔い気分で歩く人たちがギョッとした顔をする。

そんな視線に晒されるが、俺は気にせずに屋敷へ急いだ。

明かりの消えた屋敷は静まり返っており、俺は一階にある自室の窓から中へそっと入る。

そのままベッドへ飛び込み、黒剣グリードを枕元に置いて目を瞑る。

おかしいな……。

あれほどハドとの戦いで暴れたはずなのに、全く眠たくならない。

ぐるぐると渦巻く思考が寝かせてはくれない。結局、夜通しロキシー様のことを考えていると、一睡もできずに朝を迎えてしまった。

『フェイト、いいことを教えてやる。いかなる時も休息を取れるのが、一流の武人だ。こんなことで心を乱されおって、お前は三流以下だ』

「……」

『なんだ、拗ねたのか。情けねぇな、それでも俺様の使い手かっ！』

「うるせっ」

『ハハハッ、まだ元気があるじゃないか。ならば教えてやろう。部屋の外が慌ただしくなっているぞ』

意識を内にばかり向けていたので、部屋の外がどうなっているか気がつかなかった。確かに廊下で慌ただしい足音が複数聞こえる。普段はそのようなことをしないように、指導されている使用人たち。それがこんなにも走り回るなんて、考えられることは一つだ。

朝になって、他の使用人たちにも知らされたのだ。

俺は急いでベッドを飛び出して、部屋を出る。

ドアを開けると、悲しそうな顔をした使用人たちが通り過ぎていく。

俺もその人波に乗って、屋敷の玄関へ向かう。

ロキシー様はたくさんの使用人たちに囲まれていた。

みんながロキシー様の顔を見て、シクシクと泣いている。

近づいていくと、ロキシー様が俺に気づいて、声をかけてくれる。

「フェイト、おはようございます」

「これは……一体、何があったんですか？」

答えはガリア出立。わかっているが建前上、聞かなくてはいけない。

「今日の朝、お城から伝令が来て、すぐにガリアに赴くことになりました。大変な名誉を賜りました」

違う。それはすでに決まっていた。朝まで……直前まで隠したのは、使用人たちや、ハート家を慕う民衆が変な気を起こして暴徒化しないためだ。それほどまでにハート家は王都の人たちに愛されている。

それはハート家の当主となったロキシー様が、一番感じているところだろう。

俺は言いたい本音を呑み込んで、

「今のガリアは危険すぎます。あなたのお父様だって……」

「承知の上です。父上が果たせなかったお役目を、私が引き継ぐだけです」

「どれくらいの期間、ガリアに行かれるのですか？」

「魔物の大群が収束するまでなので、通例なら三年くらいでしょうか」

無理だ。そんなに長い期間いたら、千年の沈黙を破り国境線の内側までやってくるようになった天竜に襲われかねない。ハドの口ぶりを信じるなら、ロキシー様の父親メイソン様が亡くなってから、何度か国境線を越えたのが目撃されたという。きっと状況は思っているよりも悪い。

相手は生きた天災なんだ。出会ってしまえば、逃げることも許されずに虫けらのように殺される。聖騎士とて同じだ。

「そんな顔をしないで、私は大丈夫です。それよりもフェイトは私がいない間、領地の屋敷で働くといいですよ。そこにいれば、ブレリック家も手出しできないでしょうから」

「俺も……」

「フェイト、どうしたのですか？」

言えなかった。俺も連れていってくれなんて、言えなかった。

暴食スキルを持つ化物。殺した相手の魂を喰らい、力を得る……神様が決めたレベルというルールから外れた存在。俺はこの世界にとって、罪深き異端者だ。

もし知られたら、拒絶されてしまうのではないか。そう思ったら、口が動かなくなった。

そんな俺を置いて、ロキシー様は進んでいく。

俺には彼女を止める資格すらない。この屋敷の使用人として、他の者と同じように主様を見送ることしかできない。

その時、彼女の胸元から青い宝石で作られたペンダントが顔を出す。

ああ、あれは俺がロキシー様と一緒に商業区を視察した際に、プレゼントした宝石だ。

それをロキシー様はペンダントに加工して、身につけてくれていたんだ。

俺の視線がペンダントに向けられていることに気がついた彼女は、はにかんで言う。

「大事な思い出です。こうやって、いつも身につけています。どうですか？」

「よく似合っています。とても……」

俺の返事に満足した彼女は、叶うはずもない言葉を口にする。

「フェイト、また会いましょう」

「……はい、どうか……ご武運を」

ロキシー様は最後に使用人すべてに向かって別れの言葉を述べ、屋敷を出て行く。俺は使用人たちと一緒になって、小さくなっていく彼女の背中を見えなくなるまで見送っていた。

＊

この後ロキシー様は軍事区へ赴き、待機している軍隊を率いてガリアへ出立するという。

俺は未だにざわめく使用人たちをかき分けて、自室へ戻る。

ベッドの上には黒剣グリードが寝転んでいた。

すぐに準備を始める。といっても、俺が持っているのは複数枚の服と黒剣グリード、髑髏マスクだけ。あっという間に支度は整ってしまう。

そして、黒剣グリードを握ると、

『決めたようだな』

「ああ、俺も行くよ、ガリアに。使用人ではなく……ただの武人として」

『そうか』

俺が部屋を出ようとすると、上長さんがやってきた。

手には何やら証書を持っている。

「フェイト、これを。ロキシー様からです。領地で働くための推薦状です」

さっきロキシー様が言っていた件だ。だけど、もう必要ない。

「すみません。それは受け取れません。これからは武人として生きていきます」

そう言って、腰に下げている黒剣グリードをみせる。

「ですが……あなたは弱いのでしょ？　武人なんて無理よ。そんなことを言わずにこれを受け取りなさい」

俺が頑なに拒否をすると、観念した上長さんは懐から金貨を5枚取り出して、渡してくれる。

「強要はできませんし、仕方ありませんね。これは今日まで働いた給料と退職金です。大事に使うのですよ」

「こんなにも……ありがとうございます。今までお世話になりました。大事に使わせてもらいます」

実はあんまりお金を持っていなかったので、この金貨は非常に助かる。これで徒歩ではなく、馬車に乗れる。

俺は上長さんにお礼を言って、部屋を出る。

そして、庭師の師匠たちを見つけて、事情を話した。すると「このバカ弟子がっ」といって、怒られてしまった。

師匠たちは本気で、俺を後任者として育てようと思っていたのだ。

別れ際、そんな師匠たちが「気が向いたら、戻って来い」と言ってくれたことを、俺は忘れない。

ハート家の屋敷前で深くお辞儀をして、俺は歩き出した。

途中、商業区に寄って保存食を買い込み、カバンに詰め込む。大飯食らいの俺には、たくさんの食料が必要だ。

そうだ。あそこにも顔を出しておこう。そうしておかないと、俺が死んでしまったと勘違いして、店主からまた花を指定席に置かれてしまいそうだ。

行きつけの酒場に立ち寄る。まだ時間が早いこともあって店は準備中となっていた。タイミングが悪かったか……なんて思っていると、中から店主が顔を出した。

「なんだ、こんな朝早くから。店はまだ開いていないぞ」

「いいえ。今日は別れの挨拶に来ました」

すると、店主はなんとも言えない顔をして、店の中に引っ込んだ。どうしたんだろうか……しばらく待っていると、店主がワインの瓶を片手に戻ってくる。

「ほら、餞別(せんべつ)だ。君がよく飲んでいた安ワイン、好きだろ」

思わず、笑ってしまう。別に好きで飲んでいたわけではないさ。それを店主もわかっていて、冗談っぽく俺にくれたのだ。

「また、飲みに来い。これとは違った上等なワインをな」

「はい、ありがとうございます」

俺はそれを受け取って、カバンの隙間に無理やり押し込む。もうパンパンでカバンは張り裂けそうだ。

行きつけの酒場の店主と別れを惜しんだあと、先に進む。

そして商業区の外門。ここから、馬車に乗って南方にあるガリア大陸を目指す。

なんだか、ここに立って見ていると懐かしい気分だ。絶えず行き交う荷馬車たち、外門の側にはゴブリン狩りのパーティーを募集する武人たち。

ここから黒剣グリードを握り、外に出て初めて魔物——ゴブリンを狩ったのが随分昔のように感じられた。

馬車に乗る手続きを済ませて、俺は王都の中心にあるお城を眺める。あそこで門番をして、盗賊を殺したときにすべては始まったんだ。

そして今、俺はこの王都から魔物が跋扈するガリアに向けて旅に出る。

腹を空かせて門番をしていた俺が見たら、どう思うだろうか。そんなバカなといって驚くかもしれない。

「お客さん！　そろそろ出発時間です！」

俺の乗った馬車は、王都セイファートを離れていく。

辛い思いをたくさんしたけど、大事にしたい思い出もできてしまった。

そんな俺の居場所。また、いつか戻って来たいと思う。

それまでは、さようなら……。

番外編　ロキシーとフェイト

使用人たちとフェイトに見送られた私は、王都の軍事区を目指す。

今回のガリア遠征を私が知った時には、既に他の聖騎士たちの総意で決定がなされていた。おそらくブレリック家のラーファルが陰で糸を引いたのだろう。

だからと言って、ブレリック家を恨む気持ちはない。元々、私の父上メイソンがガリアから押し寄せてくる魔物たちを王都の国境線で抑え込むという任を果たせないまま、戦死してしまったことに端を発するからだ。その任を娘である私が負うのは当たり前だろう。

聖騎士は王国のため、民のために戦うのが存在理由である。そのために高い地位を与えられているのだ。

しかし、それも今は昔の話。聖騎士の誇りは失われ、いかに現状の地位にとどまるかのみが優先されている。たとえ民を蔑ろにしてでも、己の保身に走る者が絶えないのが現状だ。

聖騎士の五大名家といえど、その毒には敵わない。ブレリック家を筆頭にして他にも二つの名家にまつわる悪い噂を聞く。

残ったのはハート家とバルバトス家。しかし、共に理想を追い求めたというバルバトス家はその勇名が残されているだけだ。現当主のアーロン様は剣聖とまで呼ばれた聖騎士だが、今はあることをきっかけに隠居をされている。

私はお会いしたことがないのだけど、父上がアーロン様の武勇伝をよく話されていたのを覚えている。あのお方が復帰されたら、聖騎士のあいだに漂う嫌な空気に新たな風が吹くかもしれない。でも、それは叶わない話だ。

だからこそ、自分が頑張るしかないのだ。弱気になっていては、フェイトが望むロキシー・ハートではなくなってしまう。

彼はきっと覚えていない。私たちは五年前に一度だけ会っている。

あれは、父上に付いて領地から王都へやってきた時だ。その時の私は聖騎士としての志をまだ持てずにいた。

＊

慣れないパーティーの気疲れによって、私は大きく溜息をついてしまった。

それを見た父上が困った顔をしながらも、優しい声で聞いてくる。

「どうした、ロキシー？」

「いいえ、なんでもありません」

口では否定したけど、父上にはとっくに見抜かれてしまっているだろう。そう思ってしまうとまた溜息が出そうになる。いけない、いけない……これではハート家の次期当主として、周りの聖騎士たちに認めてもらえない。

私は十二歳になったおりに領地から王都へやってきた。そして今、お城で他の聖騎士たちに、ハート家の次期当主として、挨拶回りをしているのだ。

かれこれ二十人以上とたわいのない会話を交わしながら、自己紹介を繰り返している。

といっても、話すのは父上ばかりで、私はぎこちない作り笑いで誤魔化しているだけだ。

この歳になるまでほとんど領地から出たことがなかった私は、このような沢山の聖騎士たちが集う場は初めてで、とても緊張してしまったからだ。それに、ここにいる聖騎士たち皆が、ハート家とは違った異質な感じがした。

常に私を品定めするような視線を向けてくるのだ。そこからは将来私が、彼らにとってどのような存在になるのかを量っているように見えた。

誰一人として、気のおけない話し相手は現れなかった。

特にブレリック家のラーファルとハドとの会話は最悪だった。あれもハート家と同じ五大名家の一つというのだから、もしかしたら王都の将来は暗いのかもしれない。

やっと社交の場での挨拶回りが終わり、私は心身ともにぐったりしてしまう。せっかくこの日のために母上が用意してくれた白いドレスなのに……もっと違う形でお披露目したかった。

そんな私の様子を見かねた父上が言う。

「ロキシー、今日のお役目は無事に終わったから、一足先に屋敷に戻っているかい？」

「……そうですね。すみませんが……そうさせてもらいます」

手短に答えて、私は聖騎士たちで賑わう広間から出ることにした。開けられた大きなドアから出ると途端に肩の力が抜けていく。やっぱり慣れないことをしていたのだ。そして、これから先もずっと続けていくんだ……。

寄ってきたお城の使用人に帰宅することを告げて、着替えをする部屋に案内してもらう。

入った広い部屋には私がお城に来るまで着ていた服がかけてあった。お世辞にも、仕立ての良い服ではない。民が着る服をすこしだけ見栄え良くしたくらいだ。だからこそ、私にとって大切な物だ。これは王都へ旅立つ私のために領民たちが心を込めて用意してくれたものだからだ。

ドレスを脱いで着替えてみると、とても気分が落ち着くのを感じる。ぶどうの甘い香りのする生まれ育った領地に戻ったかのようだ。

「さあ、帰りましょうか」

気を取り直した私は部屋を出る。そして、警護のために同行すると近寄ってきた兵士たちに首を振った。

これでも、聖属性スキルを持つ者なのだ。レベルが低くても、悪漢に後れを取ることはない。

それに一人になって頭を冷やしながら、帰りたかった。

お城を出て、ふと空を見上げる。

「こんな時間になっていたんだ……」

月は高く昇り始めていた。あの面白みのない社交の場での挨拶回りに四時間以上を費やしていたみたいだ。

正門を通って、涼みながら聖騎士区にある屋敷に帰ろう。疲れた……そう思っていると、正門の外側の道を、月を見上げながら歩いている男の子を見つけた。

歳はたぶん私と同じくらい。ボロボロの服を着ている。

あのくらいの歳の子が、こんな時間にウロウロとしているのはあまり好ましくない。彼の両親はどうしたのだろうか。

すこしだけ悩んだ私は、彼に声をかけることにした。

「ちょっとあなた、こんな時間に歩き回るのは危険ですよ。早く家に帰りなさい、ご両親が心配しますよ」

男の子は私に顔を向けると、苦笑いしながら首を横に振る。

「今日、王都にやってきたばかりだから、帰る家はないんだ。それに親はもういないし……」

「…………」

情けない話、私は彼に言葉を返せなかったのだ。おそらく彼は孤児。行く当てがないので、ここで月を眺めながら、時間を潰していたのだろう。

それなのに私は要らぬお節介をしてしまった。恥ずかしくなって顔が熱くなるのを感じる。ちょうど雲が月にかかり、薄暗くなって良かった。

少年に声をかけてみたものの、それ以降何を話していいのか困ってしまう私に、少年は鼻先を掻きながらはにかんで言う。

「まあ、俺のことは気にしなくていいよ。それよりも君のほうが早く家に帰ったほうがいいよ。王都って、聖騎士様が沢山いるから平和かと思ったら、そんなことはないみたいだから。さっきも変な大人に何もしてないのに追いかけられたんだ。そして気がついたらお城の前まで来ちゃっていた」

彼は困ったように頭を掻く。

それにしても、王都には沢山の聖騎士がいるのに、治安が良くないとは恥ずかしい話だ。そして、彼に私の心配までされてしまった。おそらく、今の身なりが民の姿に似ているからだろう。

きっと少年は私のことを聖属性スキルを持つ者——聖騎士の卵だとは夢にも思っていないはずだ。

それでも私は少しムッとしながら、少年に言う。

「これでも、私は結構強いんです」

「へぇ〜、そうなんだ」

「あっ、信じてないでしょっ！」

「はいはい、信じているさ」

「そのいい加減な声は、絶対に嘘だと思っているわ」

彼はボサボサの黒髪を揺らしながら、私のもとから立ち去ろうとした。これ以上、話しても先がないと思われてしまったようだ。それにしても、彼の態度はなんだかとてもそっけないように見えるけど、声色の奥に違うものを感じる。

そんな人に初めて会ったから、私は興味が湧いてしまった。

私が呼び止めようとした時、彼のお腹が大きく鳴り出した。

ぐうううううう……。

こんな音を出すなんて、初めて聞いた。おかしくて思わず笑ってしまう。

「フフフフッ……大きな音」

「……笑うなよ。仕方ないだろ……誰だってお腹は減るんだ」

聞いてみると、どうやら彼はお金を持っていないので、食べ物を買えないようだ。だから、彼を引き止めるために私はいい考えを閃（ひらめ）いてしまう。

「どう？　私に付き合ってくれたら、ご飯をごちそうしてあげるわよ」

「えっ、本当!?」

あれだけ、私と関わろうとしなかった彼が、目の色を変えるくらいの勢いで食いついてきた。このくらいの年頃の男の子は結構単純なのかも。

しかし、ご飯を……といっても、私は民が食事をとる場所を知らない。どうしたらいいのか、しばし考えてから私は、少年にその場に待っているように言って、お城の方へと引き返す。

そして、門番をしている人に事情を説明して、何か軽食を用意してもらえないかと、お城の中の使用人に伝えてもらうように言った。門番は困った顔をしていたが、私がハート家の娘だと知るやいなや、血相を変えて城の中へ駆けていく。

結局、私は地位を利用して人を動かしてしまった。なんだかんだ言って、他の聖騎士と同じように権力を振りかざしているんだ……私も。

陰鬱な気持ちに支配されていると、お城の使用人を連れて門番が戻ってきた。使用人の手にはバスケットが下げられている。

「おまたせしました」

「早かったですね」

「ええ、今日は聖騎士様たちが集まるパーティーがございましたので、そこで出す予定の一部……サンドイッチをこの中に入れさせていただきました。お気に召していただけますでしょうか」

バスケットの蓋を開けて、中身を見せてくれる使用人。柔らかそうなパンに新鮮な野菜とゆで卵のスライスが挟まれている。

「美味しそう。ありがとうございます！」

「いいえ、滅相もないです。私はこれでっ」

驚いた顔をして、深々と頭を下げた使用人は逃げるようにお城に戻っていってしまう。

お礼を言っただけなのに、この反応は異常だ。それほどまでに聖騎士は……。

いけない、今はそんなことを考えている場合じゃない。

受け取ったバスケットを持って、少年が待つ場所まで急いで戻る。はたして彼は待ってくれているだろうか。

あっ、まだいてくれた。すぐさまボサボサの黒髪をした彼に近づいて声をかける。

「おまたせ。はい、どうぞ」

バスケット一杯のサンドイッチを見た途端に、彼の表情は豊かになる。

「いいの？　こんなに」

「ええ、いいわよ。私も食べさせてもらいますけどね」

「それはそうだよ。だって、このサンドイッチは君のものなんだから」

私が彼に一つ渡すと、彼は恐る恐る口に運んだ。そして、あっという間にぺろりと食べてしまう。お腹の虫の鳴く声の通り、相当お腹が減っていたみたい。

あまりにも気持ちよく食べて見せるので、私の方もお腹が本格的に空いてきてしまった。パーティーでは挨拶ばかりでほとんど食事をとれていなかったし。

彼と話せて、やっといつものリズムが取り戻せたようだ。

当の本人は渡したサンドイッチを次から次へと平らげていく。そんな様子を驚きながら見ていると、

「ねぇ、君ってお城で働いているメイドさんか何かなの？」

「えっ……そう、メイドをしているの」

彼の問いかけに嘘を吐いてしまった。もし、私が五大名家の一角で聖騎士の卵だと本当のことを言えば、きっと彼は畏縮(いしゅく)して今のように気軽に話してはくれないだろう。

だから、ごめんねと思いながらもお城のメイドになりきる。

「今日は聖騎士様たちのパーティーの準備で大変だったの。このサンドイッチはその残りなんですよ」

「そうなのか……聖騎士様っていつもこんな美味しいものを食べるんだね。羨ましい……」

「……ごめんなさい」

私が思わず、小声で言ってしまうと、少年は首をひねる。

「どうして、君が謝るの？」

「あっ……だよね」

「ハッハッハ、変なの」

「そうだよね、変だよね」

「うん、お城のメイドさんが謝ることじゃないよ」

ひとしきり笑い合うと、いつの間にかモヤモヤしていた感情はすっかり消え去っていた。不思議だ……彼と話していると私は自然体でいられるのだ。

どうしてなんだろうか。

私がそれを知るために、暗がりではっきりとしない彼の顔をなんとか見ようと凝視していると、

「ちょっと、そんなに見つめるなよ」

「あっ、ごめんなさい」

彼は照れながらそっぽを向いてしまう。なんだかその姿が可愛く思えてしまった。だから、もっと見ていたいけど、それをしてしまうと彼はきっとここから立ち去ってしまうだろう。

気分を切り替えて、気になっていることを聞いてみる。

「あなたから見た聖騎士様ってどんな感じ？」

「なんだよ……突然？」

「いいから教えてよ、ねっ」

お願いしてみると、彼は頭を掻きながら、

「わっ、わかったよ。サンドイッチを食べさせてもらったし。でも、なんでそんなことを聞くんだ？」

「ほら、私ってお城で働いているから、外の人たちが聖騎士様をどう思っているか、知りたくなったの。興味本位ってやつよ」

「なるほどね」

納得した彼はたった一言を口にした。それだけなのに、私をいとも簡単に固まらせてしまった。

ただ正直にこういったのだ。

怖いと……。

当たり前のことだ。強力な聖属性スキル持ちの聖騎士は、民と比べてステータスに大きな差がある。聖騎士の逆鱗(げきりん)に触れてしまえば、いとも簡単に命を奪われるかもしれない。

そして、聖騎士はそれができてしまうほどの高い地位を持っている。

さらに今の聖騎士たちに漂う利己的で閉鎖的な考え方が、より一層民の不安を煽っているのだろう。彼は幼くしてすでにそれを身にしみてわかっているのだ。

自分も同じ聖属性スキルを持つ者として、申し訳なくなってしまう。だからといって、今の私には何かを変えるだけの力はないのだ。あれほど強い父上でも、王都の聖騎士たちの姿勢を正すことはできずにいる。おそらく、これから先もこの体制は変わらない……そう諦めかけた時、

「そんな顔をするなよ。王国……王都だって捨てたもんじゃないさ。だって、君みたいにお腹が空いた俺にご飯を食べさせてくれる人がいるんだし」

ちょうど月の光が当たって、彼の顔がすべてあらわになる。あどけなく、ほんのりと儚さを持つ顔つきだ。そんな彼は少し迷った素振りをして、照れくさそうに言う。

「君のような人が聖騎士なら、良かったのにさ」

「…………」

返す言葉すら忘れてしまう。それほど、私の心を締め付けたのだ。

彼が言ってくれたようにそれは、きっと思っていたよりも簡単なことだったんだ。周りの聖騎士の現状に問題があるからではない。要は自分自身がどうありたいかなんだ。

自分の信じる道を形にすればいい。たわいもないことでも、こんな顔をして嬉しがってくれる人がいる。

「ありがとう。君に言われて、なんとなくわかってきたわ」

「そっか……なんだかわからないけど、元気が出てきたみたいで良かったな……じゃあ、俺はもう行くよ。これ以上……ここに居続けると、お城から出てきた聖騎士様に出くわしてしまいそうだし」

彼がこの場から離れようとする理由はそういうことだったのか。悪漢に襲われてここまで逃げてきたという少年。そして、見上げればお城があり、そこには怖い聖騎士がいるのだ。

お腹を満たせる食事がとれるといっても、居続けるのは気が気でなかったはず。それでも、今まで一緒にいてくれたのは、元気のない私を気遣った彼なりの優しさなのかもしれない。

今度こそ、私の前から立ち去ろうとする彼に、最後に一つだけ聞いてみる。

「ねぇ、あなたの名前を教えて！」

すると、彼はこっちを振り向いて、手を大きく振りながら答える。

「フェイト・グラファイト！　サンドイッチをありがとう……じゃあな！」

それだけ言うと、あっという間に街並みの中へ消えていってしまった。

フェイトか……また会えたらいいな。そう思っていると、私は大事なことを忘れていることに気がついてしまう。

なんてこと！　彼の名前だけ聞いて、私の名を教えていなかった。

「やっちゃった……」

でも、もしかしたら再会した時に、フェイトは私を覚えているかもしれない。……暗がりで顔はよく見えなかったと思うけど……もしかしたらね。

淡い期待を胸に秘めながら、一人で夜空を見上げる。王都の明かりにも負けない星々が空を埋め尽くしていた。

フェイトとはほんの僅かしか話せなかったけど、またこの夜空の下で話してみたい。その時には、胸を張って、聖騎士だと言えるくらいになりたい。じゃないと、フェイトから貰った勇気が無駄になってしまう。

まずは愛想笑いをやめて、もっと堂々としないと……なんて思って、一人で胸を張る練習をしていると、

「ロキシーではないか。まだ、屋敷に戻っていなかったのか……どうしたのだ？」

「父上!?」

どうやら聖騎士のパーティーを終えたようで、父上が不思議そうな顔をしていた。

うううっ……やだっ⁉　変なところを見られてしまった。誰もいない場所で一人、胸を張ってふんぞり返っている姿なんて……恥ずかしい。

咳払いをして誤魔化しながら、父上に言う。

「もうお帰りなのですか？」

「ハッハッハ、そういうことだ。ロキシーが初めての王都で寂しくしていないか心配でな」

「私はもう子供ではありません」

「親にとっては、いつまでも子供さ」

そう言って笑いながら、父上は私の横に座る。

「何かあったんだろ？」

さすがは父上だ。暗くて表情まではわからなくても、私の声色で何かを察したのだろう。

私は観念して、先程のことを少しだけ話した。

「そうか……」

父上はそれだけしか言わず、ただ私と一緒に夜空を眺めるのみだった。

きっと父上は待っているのだ。

ここまできて、戸惑う私ではない。だって、これでもハート家の次期当主。そしてもう決めたのだ。

「私は父上みたいな聖騎士になりたいです。民と共に笑い合える聖騎士に！」

私の誓いに、父上は嬉しそうに立ち上がる。そして、私の頭をそっと撫でた。

「よく言った！　それでこそ、ハート家の者だ。ならば、明日からはもっと頑張ってもらうぞ」

「はいっ」

私は胸を張って、返事をする。ここから始まるのだ。

フェイトに再会した時には、聖騎士ロキシー・ハートとして、恥じることのない姿であるために。

＊

あれから数年、無事に聖騎士となった私は、フェイトと結局出会えないまま日々を過ごしていた。

夢によく出てきては私を奮い立たせていた彼も、時が過ぎていくほどに少しずつ少しずつ薄れていった。

そんな時、お城の門番の当直が任せられることになった。これは、聖騎士になった者なら誰でもしなければならないものだ。だが、代役を置くことでその任から逃れることができる。

ほとんどの聖騎士は、この面倒な門番の仕事をやらず、日雇いバイトに押し付けている。私は聖騎士がすべき仕事に対してそのようなことをするのはよくないと思ったので、自ら門番の任につくことにした。そして、初めての門番で私はやっと彼……フェイトにふたたび出会ってしまう。

名前を確認するまでもなく、ひと目でわかった。あの黒髪、黒目は間違いなくフェイトだ。

私は、ドキドキしながら彼に声をかけてみるが、

「こんにちは、私はロキシー・ハート。ご苦労様です。交代の時間ですよ」

「はっ、はい！」

フェイトは私に気が付くことなく、恭しく（うやうや）お辞儀をする。そして、手に持っていた王国の紋章が刺繍された旗付きの槍を私に渡してきた。

この時ばかりは、顔に出さないように必死になって、がっくりした気持ちを抑えたもの

だ。

意気消沈した私が旗付きの槍を受け取ると、彼は顔を赤くして脱兎のごとく逃げていった。相変わらず、聖騎士が怖いみたいだ。かなり……悲しい……。

その日から私は、めげることなく何かにつけてはフェイトに話しかけるようにしていった。そのおかげで、彼は私に自分のことをまた話してくれるようになっていった。

フェイトの雇用主は、なんとブレリック家。なんてことだろうか……あの悪名高き名家に雇われているなんて……。

実は、彼をハート家に雇い入れる算段を考えていたのだ。だけど、相手がブレリック家となれば、話が違う。同じ五大名家の一角なのだ。

私がもし勝手に動けば、当主である父上に迷惑がかかってしまう。個人的な都合でそれだけはしてはならない。

悶々としながら、歳月だけが過ぎていく。その間もフェイトはブレリック家の三兄妹にいわれのない暴力を受けていた。私の目が届く場所でなら止めることができても、すべては無理だ。

そして、フェイトに初めて出会って五年が経った時、ハート家に訃報が飛び込んでくる。ガリアの魔物討伐に遠征していた父上が亡くなってしまったのだ。それも、今までガリアの中央に巣食って、国境線に出てこなかった天竜によってだ。

父上が率いていた軍は、国境線でガリアから溢れ出る魔物の大群と戦っていた。そこへ天竜が空から現れたという。そのたったの一撃で父上の軍隊、そして魔物たちをも纏めて屠ったのだ。

運がなかったと言えばそれまで……だけど、こんなの……あまりにも……。

私は屋敷の自室に一人籠もって、途方に暮れて、悲しみを募らせていた。その時、私の脳裏にフェイトの顔が浮かんできた。彼はいつものように、どんな状況でも前向きに歩んでいくのだ。

「会いたいな……」

そして、また踏み出す勇気を貰いたい。

ちょうど今日は門番の仕事で、私の前に任務についているのがフェイトなのだ。交代する時に会える。

私は着替えを済ませると、急いで屋敷を飛び出した。そしてお城の正門で見たものは、フェイトに執拗に暴力を振るうラーファルたちだった。

思わず頭に血が上り、腰に下げていた聖剣を抜きそうになるほどだった。だけど、ハート家の当主になる者としてそれは許されない。

ぐっと堪えて、なおも暴力を振るうラーファルを語気を荒らげて止めに入る。それによって、ラーファルたちは退散したが、次はどうなるかわからない。

父上を失った今、私がハート家の家督を引き継ぐことになる。ならば、私の意向で少々無理を通してもいいだろう。そう思って、彼に声をかけようとするが、緊張してしまってうまく言えなかった。

そうこうしているうちに、フェイトはまた私の前から逃げていってしまう。ああ……私のバカッ。

せっかく伝えるチャンスだったのに、なんてことだろうか。

私は、受け取った門番の槍を手に空を眺めていた。二時間、三時間……五時間と過ぎていき、すっかり夜になってしまう。

それでもずっとフェイトのことを考えていると、彼の声が聞こえてきた。幻聴かと思ったら本物だった。

ものすごく焦った顔だ。何かと聞いてみれば、なんと賊らしき人影たちを見たと言うではないか。私はフェイトを信じて、忍び込んだ方角へ走る。すると、たしかに数人の不審者がいた。皆が武器を持って私に襲い掛かってくる。

聖騎士である私からしたら大した敵ではない。しかし、連携が取れて組織だった攻撃をしてくる。それもあって、浅く斬り損ねた賊を一人取り逃がしてしまう。

焦って追いかけてみると、その賊はフェイトによって倒されていた。死体の側で彼は震えていた。おそらく人を殺したのは初めてだったのだろう。

私が駆け寄って手を取ると、体をさらに震わせる。彼はこのようなことができる人間ではないのだ。そう思うと、私の代わりに正門の守りを任せたことを後悔してしまう。

このままにはしておけない。今度こそ彼を……フェイトを私の側に。

意を決して、彼の説得にかかる。でも、本当は彼のためなのは半分だけで、もう半分は私自身のためでもあった。

私は、昔みたいにフェイトから勇気を貰いたかったのだ。

そして彼が屋敷の使用人になったから、私は聖騎士ロキシー・ハートとして頑張ることができたのだ。

お忍びで王都の街を視察したり、ハート家の領地に行ったりといろいろあって、とても楽しい充実した毎日でもあった。

だけど、それも今日で終わりだ。私はフェイトから十二分に勇気を貰った。

それを胸にガリアに向かう。

彼から貰った青い宝石で作ったペンダントを握りしめる。

「大丈夫……」

私の到着に合わせて、王都の軍事区の門が開いていく。中にはすでにガリア遠征の準備を終えた軍が控えている。

「今の私なら必ずできる。だから、待っていて……フェイト」

私は彼の望む限り、聖騎士ロキシー・ハートであり続ける。

あとがき

こんにちは、一色一凛です。

本小説は、二〇一七年に発売された単行本を文庫化したものとなります。

私としては、まさか文庫化できるとは予想だにしない出来事であったため、このお話を聞いた際にとても驚きました。

形を変えて、また『暴食のベルセルク』が新たなスタートを切れたことに感謝したいと思います。このあとがきを読んでいただいている頃には、Ｗｅｂ版の『暴食のベルセルク』が無事に完結しているはずです……。

文庫本では今までの流れを踏襲しつつ、チャンスがあるならその先のストーリーも書けたらいいなと願っております。まだまだ、表に出していない設定や登場人物たちもいますから、ぜひ活躍させたいところです。

そうなってしまえば、フェイトの旅（過酷）は続いてしまうわけですが……主人公なので頑張ってもらいましょう！

一巻は作者として、とても懐かしい内容です。この頃のフェイトは若かったなと思いながら読んでしまいました。そして作者自身も若かったなと……染み染み感じさせられました。なにせ、四年前ですから、仕方のない話です。しかし、つい最近のことに思えてしまうこともあり、不思議な感覚でもあります。

コミカライズは滝乃大祐先生に引き続き連載していただいており、七巻まで発売されております。とても面白い漫画となっており、作品を書く上で良い刺激となっております。八巻が待ち遠しいです！

最後に、文庫化に合わせて新しいカバーイラストをfameさんに描いていただきました。ありがとうございました。また、サポートしていただいた担当編集さん、関係者の皆様に感謝いたします。

では次巻で、またお会いできるのを楽しみにしております。

ファンレター、作品のご感想をお待ちしています!

【宛先】
〒104-0041
東京都中央区新富 1-3-7　ヨドコウビル
株式会社マイクロマガジン社
GCN文庫 編集部

一色一凛先生 係
fame先生 係

GCN文庫

暴食のベルセルク
～俺だけレベルという概念を突破して最強～①

2021年10月25日　初版発行

著者　一色一凛
イラスト　fame
発行人　子安喜美子
装丁　横尾清隆
DTP／校閲　鷗来堂
印刷所　株式会社エデュプレス
発行　株式会社マイクロマガジン社
〒104-0041　東京都中央区新富1-3-7　ヨドコウビル
［販売部］TEL 03-3206-1641／FAX 03-3551-1208
［編集部］TEL 03-3551-9563／FAX 03-3297-0180
https://micromagazine.co.jp/

ISBN978-4-86716-199-9 C0193